Découvrez l'histoire par les archives de presse

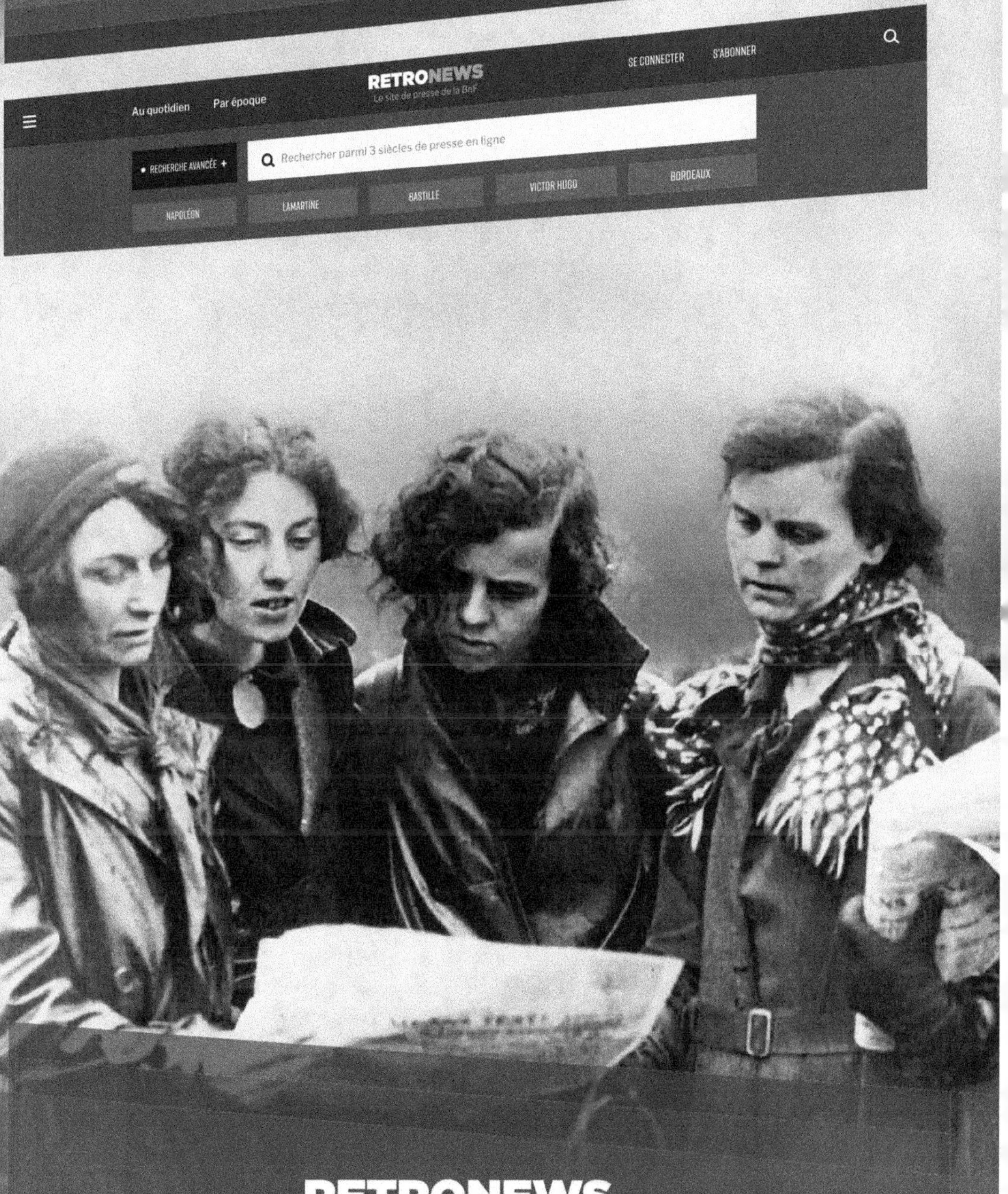

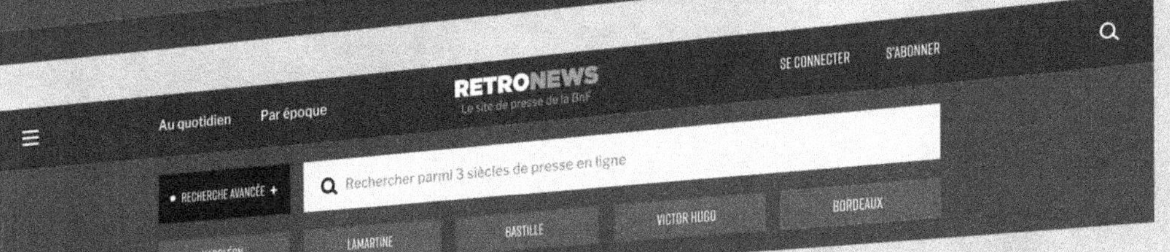

RETRONEWS

Le site de presse de la BnF

www.retronews.fr

CRÉDIT LYONNAIS

Société anonyme au Capital de DEUX CENTS MILLIONS de francs

LYON

Le CRÉDIT LYONNAIS fait toutes les opérations d'une maison de banque :

Il reçoit des dépôts de fonds à intérêts et fait gratuitement, au moyen de chèques, le service de caisse des déposants ;

Il tient à la disposition du public des Bons à échéance, pour toutes sommes et pour toutes échéances, depuis 3 mois jusqu'à 2 ans ;

Il escompte tout papier qui lui paraît présenter des garanties suffisantes ;

Il ouvre des comptes courants et des crédits aux commerçants et aux industriels ;

Il délivre des lettres de crédit sur toutes les places de France et de l'étranger ;

Il reçoit en dépôt les valeurs de Bourse de toute nature, françaises et étrangères, nominatives et au porteur ;

Il se charge de l'exécution des ordres de Bourse ;

Il achète et escompte les coupons échus et non échus, dont le montant est connu ;

Le CRÉDIT LYONNAIS se charge également de toutes régularisations de titres, remboursements d'obligations, versements en retard, conversions, transferts, échanges, renouvellements ;

Il reçoit enfin les souscriptions aux émissions de rentes, d'actions ou d'obligations.

Le **Crédit Lyonnais**, dont le siège social est à Lyon, Palais du Commerce a une Succursale à Paris, Boulevard des Italiens, 19

et des Agences, en France, à

Aix-en-Provence.	Bourg.	Montpellier.	Rouen.
Aix-les-Bains.	Caen,	Moulins.	Sedan.
Alais.	Cannes.	Nancy.	St-Chamond.
Alger.	Cette.	Nantes.	St-Étienne.
Amiens.	Chalon s/ Saône.	Narbonne;	St-Germain-en-Laye
Angers.	Chambéry.	Nevers.	St-Quentin.
Annecy.	Dijon.	Nice.	Thizy.
Angoulême.	Dunkerque.	Nîmes.	Toulouse.
Annonay.	Epinal.	Oran.	Tourcoing.
Bar-le-Duc.	Grenoble.	Orléans.	Troyes.
Bayonne.	Le Havre.	Perpignan.	Valence.
Beaune.	Lille.	Reims.	Valenciennes
Belleville.	Limoges.	Rennes.	Versailles.
Besançon.	Macon.	Rive de-Gier.	Vienne.
Béziers.	Marseille.	Roanne.	Villefranche.
Bordeaux.	Menton.	Roubaix.	Voiron.

et à l'Étranger à

Alexandrie (Égypte).	Londres.
Port-Saïd.	Madrid.
Le Caire.	Constantinople.
Genève.	St-Petersbourg.

SERVICE DES ASSURANCES
AU CRÉDIT LYONNAIS

ET DANS TOUTES SES AGENCES

POUR LES BRANCHES

VIE, INCENDIE, ACCIDENTS

Le CRÉDIT LYONNAIS est le Représentant

de la CAISSE PATERNELLE (Vie)

du MONDE (Vie, Incendie, Accidents)

Il reçoit dans ses bureaux, à Lyon, 18, rue de la République, au rez-de-chaussée, toutes les propositions qui lui sont faites et tient des Notices sur les Assurances à la disposition du public.

Toutes les agences, en France, du CRÉDIT LYONNAIS reçoivent également les propositions pour ces deux compagnies d'assurances.

SOCIÉTÉ FONCIÈRE LYONNAISE

SOCIÉTÉ ANONYME AU CAPITAL DE **100** MILLIONS

Siège social : Paris, 23, rue de Grammont, 23

CONSEIL D'ADMINISTRATION :

MM. Henri GERMAIN, DESEILLIGNY, MAZERAT, MASSON

Cette Société a émis des obligations, remboursables à **500** francs en 75 ans, à dater du 1er novembre 1881, et rapportant **15** francs d'intérêt annuel.

Le CRÉDIT LYONNAIS délivre immédiatement, *et sans frais*, ces obligations au cours moyen de la Bourse de Lyon de la veille.

SOCIÉTÉ LYONNAISE DES EAUX & DE L'ÉCLAIRAGE

SOCIÉTÉ ANONYME AU CAPITAL DE 50 MILLIONS

Siège social : Paris, 19, rue de Grammont, 23

CONSEIL D'ADMINISTRATION :

MM. LAN, VAUTIER, DESEILLIGNY, RONA, MAZERAT, MASSON

Cette Société reçoit les propositions que les municipalités, les sociétés et les particuliers veulent bien lui adresser.

PHOTOGRAPHIE ARMBRUSTER

Artiste peintre

Photographe des Musées d'Art et d'Industrie de l'Académie
de Lyon, de la Société d'Agriculture, etc.

2, RUE DU PLAT, AU 1ᵉʳ

(Maison du Palais-Royal)

MUSÉE LYONNAIS

Collections uniques de Portraits des notabilités
lyonnaises, Tableaux, Monuments, grandes Vues pa-
noramiques, objets d'Art et d'Industrie.

Spécialités de portraits au crayon et d'agrandissement, nouveautés photographiques, éditions, etc.

OBJETS D'ART — ARTICLES DE LUXE

Articles de fantaisie — Tabletterie
Maroquinerie, Cristaux, etc...

DES PREMIÈRES MAISONS
DE PARIS

Spécialité de Cuirs
de Russie

VÉRITABLES PILULES DU Dʳ BLAUD

Peu de préparations ferrugineuses peuvent se présenter à la confiance des médecins et des
malades, appuyées sur des documents aussi authentiques que ceux qui suivent :

1° Insérées au nouveau *Codex*, ces Pilules sont employées avec le plus grand succès, depuis plus de 40 ans, par la
plupart des médecins, pour guérir l'anémie, la chlorose (pâles couleurs), et faciliter la formation des jeunes filles.

2° Voici l'opinion des hommes les plus éminents dans les sciences médicales qui les ont expérimentées :

**« Depuis 35 ans que j'exerce la médecine, j'ai reconnu aux Pilules de Blaud
des avantages incontestables sur tous les autres Ferrugineux, et je les regarde
comme le meilleur anti-chlorotique. »** (Dʳ DOUBLE, ex-Président de l'Académie de Médecine).

De toutes les préparations ferrugineuses qui nous ont donné de bons résultats da s le traitement des affections chlo-
rotiques, les *Pilules de Blaud* nous paraissent devoir tenir le premier rang. »

(T. II. p. 99, *Dictionnaire universel de Médecine*).

Ces pilules, préparées d'après la véritable formule de l'auteur, par son neveu Aug. BLAUD,
Pharmacien de la Faculté de Paris, ne se délivrent qu'en flacons en verre noir scellés par le certificat
de l'inventeur et de sa signature.

Enfin, exiger que son nom soit gravé sur chaque Pilule.

Paris, 8, Rue Payenne, et dans chaque Pharmacie. (*Se défier des Contrefaçons*).

Publications de LYON-REVUE

Rédacteur en chef : F. DESVERNAY

LES TRIBULATIONS

DE

DUROQUET

Pièce de fabrique en trois longueurs

Avec une Préface

par Joséphin SOULARY

A M. Félix DESVERNAY, Rédacteur en chef de *LYON-REVUE*

Mon cher ami,

Ce n'était pas assez que LYON-REVUE réalisât, au point de vue du luxe de la typographie et de l'élégance artistique, l'idée d'un recueil littéraire sans précédent en province ; vous avez rêvé pour cet organe une destinée plus ambitieuse encore : la mission d'éditer des œuvres lyonnaises qui, sans cette bonne fortune, risqueraient d'être ou mal connues ou complètement inconnues.

Vous m'avez fait part de vos vues à ce sujet, et vous me demandez aujourd'hui de vous aider dans la recherche et le sauvetage de ces épaves de l'esprit lyonnais.

Grosse aventure, pleine de périls et chargée de responsabilités ; en avez-vous bien pesé tous les risques?

Et d'abord, à quel genre de publications LYON-REVUE servira-t-elle de chaperon auprès du public difficile et délicat dont elle veut gagner les bonnes grâces ? vous comprenez qu'il s'agit ici d'un choix *sérieux* à faire.

Mais voilà que ce diable de mot m'arrête ; on en a tant abusé de nos jours ! On dit un homme sérieux, une entreprise sérieuse ; et le plus souvent l'épithète s'adresse à un homme lourd, à une entreprise véreuse, à un livre indigeste, à une revue assommante.

Au risque de commettre un paradoxe, j'avancerai que, par le temps grave où nous vivons, il n'y a réellement de sérieux que la fantaisie, mère de la morale aimable et des honnêtes gaietés. A ce compte, LYON-REVUE est une publication sérieuse entre toutes ; elle doit donc à son caractère et à son programme de ne patronner que des œuvres à son image et ressemblance.

Et tenez, sans plus de phrases, j'ai là tout justement l'oiseau rare dont elle est en quête:

Imprimez bien vite, pour le plus grand honneur de notre vieille langue gauloise et la plus grande joie des disciples très précieux qu'elle compte encore parmi nous, cette désopilante bouffonnerie ayant titre: LES TRIBULATIONS DE DUROQUET, *pièce de fabrique en trois longueurs.*

La pièce a fait courir tout Lyon aux Théâtres-Guignol de la rue du Port-du-Temple et du Passage de l'Argue. Si la moitié seulement des braves gens qui l'ont applaudie *aux feux de la rampe* la lisent imprimée, bien des fronts aujourd'hui soucieux se dérideront; bien des lèvres serrées de tristesse se reprendront à rire. Or, le rire étant, au dire de la Faculté, le remède par excellence aux maux du corps et aux peines de l'esprit, il est clair que vous ne pourriez éditer une œuvre actuellement plus *sérieuse* que celle-ci.

Son auteur, M. E. André, dont je m'honore d'être l'ami, m'en avait confié le manuscrit en grand mystère, comme il eût fait d'un péché de jeunesse, et en s'excusant presque de la liberté grande (il n'est tel que le vrai talent pour avoir de ces modesties). Il est donc à cent lieues de soupçonner qu'on puisse songer à lui donner les honneurs de l'impression.

Je vous envie la satisfaction que vous allez éprouver en lui démontrant, par l'évident témoignage de la voix publique, qu'il a fait là tout simplement un chef-d'œuvre de genre.

Recevez, mon cher ami, l'assurance de mes sentiments les plus dévoués.

Joséphin SOULARY.

EN VENTE CHEZ TOUS LES LIBRAIRES

Prix : Papier ordinaire, **2** fr. **50**; Papier de luxe, **5** francs.

Imp. WALTENER ET Cᵢᵉ, rue Belle-Cordière, 14. — Lyon.

Abonnement : 20 fr. par an. — Le Numéro 2 francs

2ᵐᵉ Année   N° 17   1881.

LYON-REVUE

RECUEIL LITTÉRAIRE
HISTORIQUE ET ARCHÉOLOGIQUE

ILLUSTRATIONS DE E. FROMENT

SCIENCES ET BEAUX-ARTS

Directʳ et Rédactʳ en Chef : Félix DESVERNAY
Membre de la Société littéraire, historique et archéologique
de Lyon

Administrateur : Louis POY

RÉDACTION ET ADMINISTRATION
22, rue Palais-Grillet, 22

LYON

CHEZ TOUS LES LIBRAIRES

1881

VENTE EN GROS, CHEZ METON, LIBRAIRE
35, rue de la République, Lyon.

Lyon-Revue paraît à la fin de chaque mois par livraison
de 64 à 80 pages, grand in-8°.

Lyon, un an. 20 fr.
Départements, un an . . . . 22 fr.
Etranger. . . . id. . . . . le port en sus.

Chaque livraison : 2 francs.

On souscrit à Lyon, au bureau de la *Revue*, rue Palais-Grillet, 22,
chez M. Félix Desvernay, rue de la Préfecture, 10.

Chez M. Waltener, imprimeur, rue Belle-Cordière, 14, chez
Meton, 35, rue de la République, et chez tous les libraires.

Les manuscrits ne seront pas rendus. — Il sera rendu compte de
tous les ouvrages dont on nous aura adressé deux exemplaires.

LES ANNONCES de *LYON-REVUE*

SONT REÇUES

AUX BUREAUX DU JOURNAL

Lyon — 22, Rue Palais-Grillet, 22 — Lyon

Elles sont reçues également à l'agence Ewig, rue Confort, 19.

Directeur: M. SERVE-BRIQUET

Par an: La page, 410 fr.; la case, 50 fr.

ANTOINE LUMIÈRE

LYON — RUE DE LA BARRE — LYON

Photographie faite de nuit

Par un nouveau système de lumière artificielle, breveté S. G. D. G.
Invention Van der Weyde Liebert. Seul concessionnaire pour le
département du Rhône.

On peut poser tous les jours, de 9 heures du matin à minuit.

Les clichés sont conservés, on peut demander des cartes sans
poser de nouveau.

LE COURRIER DE LYON

GRAND JOURNAL QUOTIDIEN, POLITIQUE ET LITTÉRAIRE

DIRECTEUR : BARTHENS

Principaux collaborateurs : P. Bertnay, Nizier du Puitspelu, J. Serve,
Gouraud, A. Moncère, Paul Cazeneuve, Olivier, etc...

Publie régulièrement chaque semaine : un feuilleton dramatique (revue
des théâtre et concerts), une causerie scientifique, une revue agricole, un
bulletin des marchés, un bulletin des soies et soieries, et une grande
variété d'articles artistiques et littéraires.

N.-B. — Les abonnements sont reçus à l'Administration du journal,
rue de la République, 73.

LA NUIT DE NOVEMBRE

L faisait aussi clair qu'à trois heures du soir :
Lorsque las de fumer, de lire et de m'asseoir,
Emportant avec moi le rêve qui m'agite,
J'abandonnais ma chambre et sortis de mon gîte.
Et j'errai. Tout le ciel était si lumineux
Que les rochers devaient sentir passer en eux
Des caresses de lune et des frissons d'étoiles.
La terrible araignée aux si funèbres toiles
Semblait guetter encor le crépuscule gris,
Car les arbres du clos par l'automne amaigris
Montraient, dans la clarté qui glaçait leur écorce,
Mainte cime chenue et mainte branche torse.
C'était le jour sans bruit, le jour sans mouvement,
Comme en vécut jadis la Belle au bois dormant,

Plutôt fait pour les morts que pour nous autres ! — L'Ombre
Qui devenait l'Aurore à l'heure où tout est sombre ;
L'air avait la moiteur exquise du rayon
Et l'objet dessiné comme par un crayon
Prenait l'aspect diurne : et fluet, long, énorme
Accusait nettement sa couleur et sa forme.
Et le silence ! Horrible et douce mort du bruit,
Triomphait-il assez dans ce plein jour de nuit,
A l'abri du vent rauque et du passant profane,
Sous les scintillements du grand ciel diaphane !
Le froid devenait tiède à force de douceur ;
Et grisaille des murs, vert des volets, rousseur
Du toit, corde du puits, dents de la girouette,
Là-bas, au fond du clos, une vieille brouette,
A terre, çà et là, des bois et des outils,
Toute espèce d'objets, hauts, plats, grands et petits,
Tout jusqu'au sable fin comme celui des grèves
Se détaillait à l'œil ainsi que dans les rêves.
Alors, que de mystère et que d'étrangeté !
Sans doute un mauvais sort m'allait être jeté
Par un fantôme blanc rencontré sur ma route.
Le fait est que jamais plus fantastique voûte
N'illumina la terre à cette heure d'effroi.
Je me voyais si bien que j'avais peur de moi.
Minuit allait sonner dans une demi-heure,
Et toujours pas de vent, pas de source qui pleure ;
Rien que l'affreux silence où je n'entendais plus
Que le bruit régulier de mes pas résolus :
Car au fond, savourant ma lente inquiétude,
Je voulais m'enfoncer dans une solitude

Effroyable, sans mur, sans huttes ni chemin,
Vierge de tout regard et de tout pied humain.
Et j'étais arrivé sur une immense roche,
Quand je me rappelai que j'avais dans ma poche
Le bréviaire noir des amants de la mort,
Cette œuvre qui vous brûle autant qu'elle vous mord,
Que la tombe a dictée et qui paraît écrite
Par la main de Satan, la grande Ame Proscrite.
Oui, j'avais là sur moi, dans cet endroit désert,
Le Cœur révélateur *et* la Maison Usher,
Ligeia, Bérénice, *et tant d'autres histoires*
Qui font les jours peureux, les nuits évocatoires,
Et qu'on ne lit jamais sans frisson sur la peau.
Oui ! délice et terreur ! j'avais un Edgard Poë !
Edgard Poë, le sorcier douloureux et macabre
Qui chevauche à son gré la raison qui se cabre.
Seul, tout seul, au milieu du silence inouï,
Avais-je la pâleur d'un homme évanoui,
Quand j'ouvris le recueil de sinistres nouvelles
Qui donnent le vertige aux plus mâles cervelles ?
Mes cheveux s'étaient-ils dressés à ce moment ?
Je ne sais : mais mon cœur battait si fortement,
Ma respiration était si haletante
Que je les entendais tous les deux ! oh ! l'attente
Du fantôme prévu pendant cette nuit-là !
Et je lus à voix basse Hélène, Morella,
Le Corbeau, le Portrait ovale, Bérénice;
Et — que si j'ai mal fait le Très-Haut me punisse ! —
Je relus le Démon de la Perversité !
Et lorsque j'eus fini, je vis à la clarté

Du ciel illuminé comme un plafond magique,

Debout sur une roche, un revenant tragique

Drapé dans la guenille horrible du tombeau

Et dont la main sans chair soutenait un corbeau.

Et je m'enfuis, criblé par les rayons stellaires,

. Et c'est depuis ce temps que j'ai peur des nuits claires!...

Maurice ROLLINAT.

UN POÈTE A L'HORIZON !

I

E n'est pas d'un livre que je veux parler aujourd'hui. C'est d'un homme, — l'auteur d'un livre, il est vrai, et même d'un livre de poésies, lequel n'est pas publié encore, mais qui va l'être et que je jugerai, quand il aura paru. Cependant je connais ce livre. Il a passé devant moi sous deux formes qu'il ne gardera pas... malheureusement, car ces deux formes ont leur genre de beauté, original et très puissant, et donneraient à ce livre une poussée formidable pour atteindre au succès qu'il a le droit d'ambitionner. L'auteur de ces poésies a inventé pour elles une musique qui fait ouvrir des ailes de feu à ses vers et qui enlève fougueusement comme sur un hippogriffe, ses auditeurs fanatisés. Il est musicien comme il est poëte, et ce n'est pas tout, il est acteur comme il est musicien. Il joue ses vers ; il les dit et il les articule aussi bien qu'il les chante. Et même est-ce bien qu'il faut dire ; ne serait-ce pas plutôt *étrangement* ? Mais l'étrange n'a-t-il pas aussi sa beauté ? Quel dommage qu'il ne puisse pas se mettre tout entier sous la couverture de son livre ! Il serait acheté à des milliers d'exemplaires. Il recommencerait le succés de Thomas Moore, au commencement du siècle, quand il chantait dans les salons de Londres ses touchantes *Mélodies irlandaises.* Seulement ce ne serait pas un poète rose, comme *Little* Moore, qui chantait l'amour et ses beautés visibles ; c'est un poète noir qui chante ses épouvantes de l'invisible et qui nous les fait partager...

Ce jeune homme, sombre comme Manfred, et comme la *nuit dont son cœur est l'image,* s'appelle Maurice Rollinat. Guérin aussi s'appelait Maurice. Sera-t-il plus heureux que Guérin qui n'a pas vu sa gloire?... Mais l'enthousiasme a ses prophètes. Les ensorcelés qui l'ont entendu disent hautement en parlant de lui : « Vous savez la nouvelle? Baudelaire est ressuscité ! et un second volume des *Fleurs du mal* sort avec lui de son tombeau ! » Eh bien, c'est une erreur, Rollinat n'a pas à mettre son blason «, en abîme » sur celui de Baudelaire. Il n'a pas cette identité absolue avec le grand poète d'hier, qui a pour sa gloire, le bonheur d'être mort. Maurice Rollinat qui l'a ressuscité, disent ses amis, le ressuscitera-t-il par la longueur du temps qu'il mettra à s'attendre ? car Beaudelaire pendant toute sa jeunesse traîna un livre de génie à travers d'imbéciles éditeurs qui n'en voulaient pas et qui maintenant l'impriment à genoux ! Baudelaire ressuscita, lui, Edgard Poë, car la poésie de ces deux poètes, dont l'un traduisit l'autre, n'est pas, comme on pourrait le croire, une imitation réussie, mais dans leur double inspiration, c'est la plus puissante identité ! Phénomène poétique sans exemple ! Ne faire qu'un étant deux, à distance dans la vie d'un siècle, par le fait unique d'organisations étonnamment semblables, et d'un accord parfait dans les impressions, véritablement extraordinaire, constitue l'originalité collective et particulière à la fois de ces deux Ménechmes de génie, Edgard Poë et Charles Baudelaire ! Maurice Rollinat s'ajoutera-t-il à eux pour une Trinité future, comme la troisième personne de cette trinité, dont le règne n'est pas venu encore. — la seule ressemblance, par parenthèse, je le crains bien, qu'elle aura jamais celle-là avec le Saint-Esprit !

Bien avant, en effet que Maurice Rollinat se débattit dans cette pénombre d'obscurité dont un poète encore plus fier que lui ne serait pas pressé de sortir et qu'il épaissirait autour de lui comme un mystère, plus beau que l'indiscrétion de la gloire, c'était Baudelaire et Edgard Poë, qui partageaient à eux seuls l'empire de l'imagination de ces derniers temps. Ils pouvaient la troubler profondément et ils l'ont troublée, mais ils la dominaient. A eux deux, en attendant le troisième, qui viendrait ou qui ne viendrait pas, ils étaient devenus la plus éclatante expression de la poésie moderne. Ils étaient les rois de cette poésie qui s'est assise sur la tombe de la poésie du Passé — la Poésie sereine, idéale, lumineuse ! — Ils étaient enfin la poésie du spleen, des nerfs et du frisson, dans une vieille civilisation, matérialiste et dépravée, qui prend ses dépravations pour des développements, et qui en est à ses derniers râles et à ses dernières pâmoisons !

II.

Mais n'importe, après tout ! c'étaient encore des poètes. C'était encore de la poésie ! Elle était gâtée dans sa source, je le reconnais ; elle était phtisique, maladive, empoisonnée, mauvaise, décomposée par toutes les influences morbides de la fin d'un monde qui expire, mais elle n'en était pas moins de la poésie, prouvée même par la puissance qu'elle a sur nous tous, cette poésie faussée dans son inspiration, et qui tournait et touchait souvent à la démence ! Est-ce qu'Edgard Poë et Baudelaire ne se complaisent pas quelquefois dans la sensation de la démence ?... Je sais bien que dans des temps comme il n'en est plus, aux époques de l'Histoire les plus pures et les plus harmonieuses, tous les Irrespectueux et les Vulgaires, dans l'intérêt du prosaïsme de leurs esprits et de leurs âmes, traitaient les poètes avec insolence et marquaient du mot méprisant de « folle » la magnifique exaltation des facultés qu'ils n'avaient pas. Mais quand les temps actuels ne sont plus guère explicables qu'à la pathologie, le mot insultant et superficiel a pris la profondeur d'une vérité. Certes, où trouverait-on plus aisément qu'autrefois sur le front des Edgard Poë et des Baudelaire le *coin de la démence* que les Anglais cherchaient sur le beau front de leur Byron, et qu'ils croyaient y voir pour l'y trouver. Aujourd'hui, la Poésie n'est plus qu'une Ophélie sans pureté et sans amour... mais quelque démente qu'elle soit ou qu'elle puisse être, cette poésie moderne au cerveau plus ou moins lézardé, cette fille de l'Egarement universel, n'en est pas moins toujours la poésie, c'est-à-dire la plus belle ou la moins laide des choses humaines! Elle n'en demeure pas moins dans son rapport naturel et inaltérable avec nous, et fussions-nous plus bas ou plus insensés que nous sommes, la proportion entre les poètes et les autres hommes n'en resterait pas moins dans son éternelle inflexibilité.

Et encore faut-il ajouter pour être juste, que cette poésie, physique et maladive, d'une époque si désespérément décadente, cette poésie du spleen et du spasme. — de la peur, de l'anxiété, de la rêverie angoissée, du frisson devant l'invisible, cette poésie adorée dans leurs œuvres par des générations qui n'ont plus que des nerfs, et qui est la poésie habituelle d'Edgard Poë et de Baudelaire n'en est pas moins, malgré l'effroyable perversion des têtes dont elle est sortie, le dernier cri — noble quand on le compare à tant d'autres cris — de la matière impuissante, si stupide, si vile et si lâche devant le menaçant mystère des choses, qui nous étreignent de leurs ténèbres, pendant notre passage de quelques minutes ici-bas. Tout est, en ce moment du dix-neuvième siècle, plongé dans un matérialisme qu'on ne sait plus, pour peu qu'on respecte sa langue, même comment nommer, mais les poètes modernes, de cela seul qu'ils sont des poètes, ont l'horreur instinctive de cette fange dont ils veulent dégager leurs pieds divins, et ils les en arrachent pour ne pas être étouffés par elle. C'est alors qu'ils se rejettent aux nervosités de la nature humaine, car les nerfs sont plus spirituels que la chair. Ce qui fait presque pardonner à la poésie de Baudelaire et de Poë ses insanités, c'est que nés tous deux fatalement du matérialisme contemporain, ils sont moins des matérialistes que des nerveux. Leur poésie remonte par les nerfs — ces subtils fils conducteurs — vers la spiritualité céleste, et la poésie aussi de Maurice Rollinat, qui, m'a-t-on dit, a intitulé son livre *Les Névroses*.

III

C'est à lui que je dois revenir. Les deux autres, Edgar Poë et Baudelaire, ont eu leur destinée. Ils ont enfin, à force de génie, violé cette gloire qui, longtemps, avait fait la bégueule avec eux et ils l'ont maintenant comme une maîtresse esclave. Mais Maurice Rollinat n'en est encore qu'où ils en furent toute leur vie, avant de mourir. Il est en train, comme eux, d'acheter des tortures de la vie entière ce qu'ils n'eurent que quand ils n'étaient plus. Je l'ai dit dès les premiers mots de cet article, Maurice Rollinat fait présentement, avec ses deux volumes de poésies, ce que Baudelaire, à son âge, faisait avec le sien. Baudelaire fut le rapsode de ses *Fleurs du Mal*, dans les quelques salons qui ne craignaient pas l'odeur, dardant la cervelle, de ces seringats terribles. Il les disait, ces *Fleurs du Mal*, avec cette voix douce et mystificatrice, qui hérissait le crin des bourgeois, quand il les distillait suavement dans leurs longues oreilles épouvantées. Rollinat est aussi son propre rapsode, mais c'est un rapsode d'un autre accent, d'un autre geste, d'un autre pincement de voix que l'ironique Baudelaire, ce diable en velours... Lui, Rollinat, c'est un diable en acier, en acier aiguisé, qui coupe et fait froid en coupant. Inférieur peut-être à Baudelaire pour la correction lucide et la patience de la lime qui le font irréprochable, Rollinat pourrait bien lui être supérieur ainsi qu'à Edgar Poë par la sincérité et la profondeur de son diabolisme. Poë a souvent mêlé au sien bien de la mathématique et de la mécanique américaine et Baudelaire du versificateur. Il avait ramassé chez Théophile Gautier le petit marteau avec lequel on martelle les vers, par dehors... Quand Baudelaire et Poë sont à bout

d'inspiration et d'expression diaboliques, ils s'appliquent des es-
pèces de traitements atroces, et ils remuent, à l'aide des moyens
les plus grossièrement meurtriers, leur punch infernal, pour que
la flamme ne s'en éteigne pas. On le sait maintenant, Edgar Poë
lampait en enfilée douze verres d'eau-de-vie avant d'écrire ; Baudelaire se jetait à l'opium et à la morphine, et ils sont morts tous
les deux pour avoir voulu raviver à ce prix les défaillances de leur
génie ! et c'est par là que Rollinat, tout en leur ressemblant, diffère
d'Edgar Poë, l'ivrogne sublime, et de Baudelaire, l'homme au
haschisch des *Paradis artificiels.*

Pour être poétiquement diabolique, Rollinat, cet homme de ner-
vosité naturelle n'a besoin ni de piments, ni de moxas, ni de can-
tharides. Il n'a ni habileté, ni subtilité, ni retorsion, ni prémédi-
tation d'art, scélérate... D'impression, c'est un naïf, et de longueur
de souffle, un infatigable. Quand il dit ses vers ou qu'il les chante,
avec cette voix stridente qui semble ne plus sortir d'entrailles
humaines, il a ce que Voltaire exigeait qu'on eût quand on jouait
la tragédie. Il a, positivement, le diable au corps. Il en a même
deux, le diable de la musique et le diable de la mimique, et tous
les deux, tout puissants ! Mais, le jeune sorcier qui a ces deux
diables là à son service, et qui les fait obéir comme l'autre sorcier
faisait obéir son balai, n'a rien de sorcier dans son apparence.
C'est un jeune homme de gracile élégance, de pâleur plus distin-
guée que sépulcrale, aux traits fins, beaux et purs, mais tout cela
flambe et se transfigure, quand il est saisi par ces trois mains de la
poésie, de la musique et de la mimique.., et on ne le reconnaît
plus ! Rollinat, n'a rien dans le monde de l'air macabre de Paga-
nini, ni de la chevelure de Listz, qui semblait, Samson musical,
jouer du piano avec ses cheveux... C'est lui, le naturel dans
l'étrange, si on peut dire de l'étrange qu'il soit naturel... et on ne
se douterait jamais, en l'entendant parler des choses de la vie
réelle, que c'est là un poète visionnaire !

Car il est visionnaire, et je crois même qu'il l'est comme jamais

personne ne le fut! Certainement ni Baudelaire, ni même Edgar
Poë, d'un fantastique plus funèbre que Baudelaire, n'ont au même
degré dans leurs poésies, l'accent trembleur du visionnaire, qu'a
toujours dans les siennes Rollinat, ce hanté de tout et cet épou-
vanté de tout, devant les visions immatérielles et intangibles qu'il
met derrière toutes les choses de la vie! Ni Baudelaire ni Poë n'ont
souffert plus continûment de ce vague mystérieux qui, tout vague
qu'il soit, oppresse l'âme comme l'objet le plus lourd et le plus
physique, et auquel le visionnaire préférerait la vue nette et posi-
tive de l'enfer. Ce vague qui est l'angoisse éternelle de Rollinat,
l'angoisse de ne pas savoir ce qu'il y a partout, dans les choses et
derrière les choses, et d'avoir peur de ce qu'il pourrait y avoir,
Rollinat l'a même avec les choses qu'il aime le plus. Il l'a, avec la
nature qu'il adore! Il l'a, avec la femme qu'il vient de presser sur
son cœur! Ce visionnaire, qui n'est pas mystique, comme Pascal,
que le vague de tout précipita dans des dogmes incompréhensibles
mais du moins précis, est moins religieux que le satanique Baudelaire lui-même, et par là, il en diffère encore. Baudelaire, au fond
de son âme révoltée et païenne, avait quelque chose d'indestructi-
blement chrétien. Le nom de Dieu invoqué à toute page dans ses
poésies l'atteste et ses blasphèmes prouvent la profondeur de sa
foi. Rollinat, au contraire, chose prodigieuse! dans ses deux
énormes volumes, n'a pas une seule fois écrit les quatre lettres du
nom de Dieu, même par distraction !... Il a tué Dieu au profit du
Diable, mais alors il n'a plus été que le *visionnaire des visions qu'il
ne voit pas.* Le Diable est partout. Châtiment terrible! Dieu s'est
revanché.

Et c'est ainsi que nous avons eu un poète *moderne* de plus!

J. BARBEY d'AUREVILLY.

QUELQUES CONSIDÉRATIONS

SUR LA LANGUE FRANÇAISE

A propos du livre intitulé :

LETTRES DE VALÈRE

COLLIGÉES PAR

NIZIER DU PUITSPELU

Avec une introduction d'icelui (1)

I

 E ne sais si je m'abuse, si les années qui s'accumulent sur ma tête me portent trop à voir le mauvais côté des choses, mais il me semble que notre époque se montre peu favorable au culte des belles-lettres, et déjà on peut prévoir le jour où leur divin flambeau ne brûlera plus que sur les autels des quelques fidèles aussi rares qu'incompris de la foule. Notre siècle, si grand sous certains rapports, semble de plus en plus, depuis qu'il est entré dans sa période de déclin, concentrer tout ce qui lui reste de force et de vie à satisfaire ses intérêts matériels. Cette passion vulgaire n'est certai-

---

(1) 2 vol. in-12. Lyon, Meton, éditeur, 35, rue de la République.

nement pas née d'aujourd'hui. Nos ancêtres l'ont connue, mais elle n'avait pas atteint chez eux le même degré d'intensité parce que de nos jours elle a été secondée, favorisée par un développement inouï du commerce et de l'industrie. Acquérir des richesses, posséder le million, tel est à présent le rêve du plus grand nombre, le but poursuivi sans relâche par l'immense majorité, et comme une vie toute entière, même celle d'un Nestor, suffit à peine à réaliser ce désir (car la fortune ne resssemble que trop à la toile de l'infortunée Pénélope) on s'explique facilement le peu de cas qui se fait de l'étude des langues anciennes, de la nôtre elle-même : à quoi en effet cela peut-il vous mener, vous conduire? A tout, si vous le voulez, excepté à la fortune, ce que justement nous recherchons tous avec plus ou moins d'ardeur et d'âpreté.

Autrefois, avant l'invasion du dieu Dollar, quand les mœurs étaient nécessairement plus simples et plus modestes, quand un luxe trop souvent malsain n'avait pas pénétré jusque dans la plus humble des habitations, lorsque les difficultés des voies de communication ne vous permettaient pas de faire de fréquentes absences et que la mort venait presque toujours vous saisir dans le lieu où vous étiez né, à quoi employer son temps d'une manière utile et agréable à la fois, sinon à lire, relire les vieux auteurs du seizième siècle, à se familiariser avec les grands classiques du dix-septième, à pénétrer le secret de leur admirable langue ? Nul passe-temps n'était plus doux, ne pouvait offrir plus de charmes à l'homme que les nécessités impérieuses de la vie n'assujettissaient pas à un labeur matériel. Ainsi se conservaient et se transmettaient de génération en génération les saines traditions littéraires, le bon goût, l'art d'écrire, ce respect de la langue qui se traduisait par une préoccupation constante de n'user que des mots en honneur chez les auteurs classiques, consacrés par leur souveraine autorité. Aujourd'hui, ces purs plaisirs de l'esprit n'exercent plus sur nous le même empire et l'on traite volontiers de pédants ceux qui y sont demeurés sensibles. Parlez-nous d'étudier les mathématiques, la physique, la chimie, sciences utiles celles-là, fécondes en résultats, en bénéfices palpables. Aussi avec quel respect on vous cite les noms de ceux qui, par de savantes découvertes ou d'ingénieuses inventions, sont parvenus à réaliser de colossales fortunes ! Chacun de nous cherche à s'amuser, à se distraire, à dissiper sa vie, et comme les plaisirs matériels sont coûteux, qu'il faut de l'argent et beaucoup d'argent pour se les procurer, on livre une bataille acharnée à quiconque fait obstacle à cette conquête du rameau d'or. Ainsi l'existence s'écoule en proie à une fièvre continuelle, jusqu'à l'heure suprême où nous retombons vaincus et épuisés.

Une autre cause, d'un ordre tout différent, n'a pas peu contribué à affaiblir chez nous le culte des belles-lettres ; c'est (que les démocrates, mes amis, me le pardonnent, mais pourquoi se mettre un bandeau sur les yeux pour ne point voir ?) l'avènement du suffrage universel. Depuis que la loi a fait un électeur de tout Français âgé de vingt-un ans, sans même subordonner ce droit de vote à l'obligation, pour l'exercer, de posséder au moins une instruction élémentaire, les journaux se sont multipliés dans des proportions considérables, et la presse à bon marché a fait son apparition. De là un abaissement fatal dans le niveau littéraire des feuilles publiques qui, s'adressant à un nombre illimité de lecteurs, ont insensiblement exigé de leurs rédacteurs moins de savoir, moins de soins dans la composition de leurs articles. Sur mille de ces lecteurs, y en a-t-il en effet, je ne dis pas dix, mais un seul qui se préoccupe du style de son journal, qui le recherche pour le mérite de ses écrivains ? Armand Carrel pressentait déjà cette décadence littéraire du journal lorsque, dans sa célèbre polémique avec Émile de Girardin à propos de l'agrandissement du format, il combattait les changements que ce dernier se proposait d'introduire dans la composition des feuilles périodiques. L'illustre rédacteur du *National* voyait avec regret l'annonce s'y faire une large place ; il eût désiré que les journaux restassent, comme ils l'avaient été jusqu'alors, exclusivement consacrés à l'étude et à l'examen des questions poli-

tiques, religieuses, économiques et littéraires. Se faisant une très
haute idée du journalisme, l'élevant presque jusqu'à la hauteur
d'un sacerdoce, il craignait avec juste raison qu'il ne cessât d'exercer sur les lecteurs une influence bienfaisante et moralisatrice le
jour où il tomberait entre les mains d'industriels préoccupés avant
tout de distribuer de forts dividendes aux actionnaires. Mais les
efforts d'Armand Carrel devaient demeurer infructueux. Il luttait
contre un courant trop fort, trop formidable pour qu'il parvint à
maintenir la presse périodique dans son ancienne voie, et à lui
conserver le caractère indépendant et fier qu'il avait puissamment
contribué à lui imprimer dans la feuille qu'il rédigeait avec tant
d'éclat.

Si déjà en 1835 le seul agrandissement du format et le développement donné à l'annonce pouvaient exercer une fâcheuse influence
sur la presse périodique, combien le mal aujourd'hui ne doit-il
pas s'aggraver lorsque le journal, au lieu de s'adresser comme alors
à un nombre assez restreint de lecteurs, tous plus ou moins ins-
truits, occupant un rang assez élevé dans la société, moins suscep-
tibles par conséquent de recevoir des opinions toutes faites, devient
une tribune autour de laquelle se presse une foule composée en
grande majorité de cultivateurs, d'ouvriers dénués trop souvent de
l'instruction même primaire, et jouissant néamoins des mêmes
droits politiques qu'un membre de l'Institut. Il n'y a donc rien de
surprenant à ce que les rédacteurs des journaux soient moins bien
recrutés, et à ce que les meilleurs eux-mêmes d'entr'eux apportent
moins de soin à composer leurs articles, se préoccupent moins de
les écrire dans un style correct, lorsqu'ils savent que la plupart de
leurs lecteurs sont dans l'impossibilité d'en apprécier le mérite littéraire. S'il en est quelques-uns dans le nombre amis des belles-
lettres, se disent-ils, ils prendront notre feuille pour y lire les
nouvelles, les dépêches, et quand ils voudront de la bonne prose,
ils n'ignorent pas que ce n'est pas à nous qu'il faut la demander. C'est ainsi que la contagion gagnant de proche en proche,

les journaux, même les plus sérieux, abandonnent peu à peu les
bonnes traditions qui leur avaient été léguées. Cédant à un entraî-
nement général, à une influence funeste que les meilleurs esprits
ont de la peine à ne pas subir, dans ces feuilles elles-mêmes on sent
que le culte de la forme n'est plus en honneur comme autrefois
et que le désir de conserver à notre langue française sa pureté première a cessé d'être une des préoccupations principales de l'écrivain. Nous ne sommes pas assez exclusif, nous ne poussons pas
l'adoration du beau style jusqu'à nous lamenter plus qu'il ne con-
vient sur cette décadence littéraire du journalisme. Pour nous
consoler des mauvaises feuilles qui se vendent en si grand nombre
depuis plusieurs années, il nous reste les chefs-d'œuvre produits
par les trois siècles précédents, et à ceux qui gémissent sur le mal
qu'elles font, il nous suffira de leur dire : relisez Rabelais, relisez
Montaigne, relisez Pascal, Bossuet, Voltaire. Mais il n'en est pas
moins permis, ce nous semble, de signaler ces fâcheux symptômes
qui, ajoutés à tant d'autres dans l'ordre purement politique, sont de
nature à nous faire craindre que la décadence ne s'étende pas seulement jusqu'à notre littérature mais à notre état social tout entier.
Aussi, considérons-nous comme un devoir impérieux de payer un
juste tribut de reconnaissance à tous ceux qui, soit dans les lettres,
soit dans les arts, soit dans toutes les autres productions de l'esprit
humain, travaillent à maintenir les saines traditions, à nous préserver du mauvais goût. Ne peut-on pas dire avec juste raison de
celui qui aime la langue française qu'il fait, lui aussi, acte de pa-
triotisme? J'aime et j'admire le soldat qui garde nos frontières, mais
je ne me défends pas de professer une égale estime pour ceux qui,
jaloux de conserver la pureté de notre langue, s'efforcent de défendre les frontières du bon goût contre les assauts répétés que,
sous prétexte de réalisme, de naturalisme, lui livrent des barbares
d'un autre genre.

II

Les considérations qui précèdent et que le lecteur trouvera probablement un peu trop longues, nous ont cependant paru à leur place dans la rapide étude que nous nous proposons de faire d'un ouvrage qui émane de la plume d'un des écrivains de notre temps les plus versés dans la connaissance de notre langue, les plus jaloux de lui conserver son originalité, sa simplicité primitive, et de la préserver des germes de corruption sous l'influence desquels elle risque de perdre ce qui en fait la grâce et la beauté. Paul-Louis Courier, ce lettré si délicat, disait qu'il n'y avait pas femmelette du dix-septième siècle qui n'écrivît mieux le français que le premier auteur de ce siècle. Ce n'était là certainement qu'une des boutades dont le célèbre pamphlétaire était coutumier, qu'une fine critique à l'adresse de Châteaubriand, dont la prose, pleine de pompe et de poésie, n'a rien de commun avec celle de nos grands écrivains classiques, mais il y avait certainement une part de vérité dans ce mot piquant. Le français que nous écrivons et parlons aujourd'hui diffère sensiblement de celui qui se parlait et s'écrivait sous le règne de Louis XIV. Rien d'étonnant d'ailleurs dans une pareille transformation, puisque nos mœurs, nos idées n'ont plus rien de commun avec celles de ce temps. Les hommes du dix-septième siècle vivaient soit en religion, soit en politique, sur un fonds qui n'est plus le nôtre; il n'en est pas moins vrai qu'avec des mots très simples, d'origine populaire, nullement savants, ils exprimaient des idées très complexes, que nous ne parvenons plus à rendre qu'à grand renfort de termes presque barbares et qui exigent déjà un certain effort de l'intelligence pour être compris.

Quels éloges, quels remerciements ne méritent donc pas les rares écrivains de notre temps qui cherchent à remonter le courant et à remettre en honneur et en usage la langue de Bossuet, de La Bruyère, de Mme de Sévigné. Travail long, compliqué, bien plus difficile que beaucoup ne l'imaginent, et dont l'utilité ne saurait être contestée par ceux tout au moins qui sont demeurés sensibles à l'art de bien écrire. Assurément ceux qui consacrent leur temps à ce labeur n'ont point la prétention d'opposer une digue insurmontable au torrent qui nous entraîne, mais ne feraient-ils qu'en retarder la marche qu'ils rendraient encore de véritables services à la cause des lettres et du bon goût. Peu d'auteurs, sous ce rapport, n'auront aussi bien mérité des amis de notre langue française que celui qui, sous le pseudonyme de Valère, a écrit ces lettres si remarquables par leur véritable atticisme et si instructives en même temps par les divers sujets qui y sont traités avec autant de savoir que d'esprit.

Les *Lettres de Valère* paraissent aujourd'hui sous la forme du livre pour la première fois. Mais déjà, avant d'être publiées en deux volumes dont la beauté typographique mérite d'être tout particulièrement signalée, elles avaient pu être goûtées par les lecteurs du *Journal de Lyon*, qui en eut la primeur. Fondée en 1871, au lendemain de la Commune, dans le but d'aider à l'établissement d'un gouvernement sagement libéral et réparateur, cette feuille, pour avoir eu une existence éphémère, n'en a pas moins laissé des traces de son passage, et elle eut l'honneur de compter parmi ses plus assidus collaborateurs le brillant auteur de ces lettres, qu'on réédite dix ans après qu'elles ont paru dans ses colonnes. Quelques-uns, malgré le succès qu'elles obtinrent alors, ont pu trouver qu'il y avait un grain de présomption à les remettre en lumière. Ils se demandaient si après un laps de temps aussi long, ces pages écrites dans des moments de lutte déjà bien vieux, bien reculés, jouiraient auprès du nouveau public de la même faveur avec laquelle elles furent accueillies par les lecteurs du *Journal de Lyon*. Pour nous, notre opinion n'a jamais varié. Nous avons toujours pensé que ces lettres ne devaient pas rester enfouies dans une collection de journal toujours difficile à consulter, et nous adressons nos félicitations les plus sincères à l'éditeur qui a eu la bonne idée de les tirer de l'oubli pour leur faire subir l'épreuve d'une seconde publicité. Assurément dix ans constituent un bien long espace de temps, et à notre époque surtout, où la vie est tellement surmenée, où il nous faut du nouveau à tout prix, où l'événement qui a occupé tous les esprits la veille ne rencontre plus que des indifférents le lendemain. Mais les *Lettres de Valère*, pour échapper à cette loi fatale, ont une qualité qui les sauvera de l'oubli, c'est leur forme si attique, si littéraire, sans laquelle les ouvrages les mieux pensés sont condamnés à périr, ou ne sont plus recherchés que par quelques rares curieux des choses de l'esprit.

Bien des sujets divers y sont successivement traités qui, touchant à la politique, ont perdu de leur actualité et par conséquent de leur intérêt, mais parmi eux il en est qui sont encore profondément vivaces, qui passionnent encore et continueront de passionner tous ceux auxquels est cher l'avenir de la France, tous ceux qui se préoccupent de ses destinées et se demandent avec anxiété si nous ne traversons qu'une crise d'où nous sortirons plus grands, plus forts, plus épurés par l'épreuve, ou si au contraire nous n'entrons pas décidément, irrévocablement, dans cette période de déclin, d'affaiblissement physique et intellectuel qui précède la mort des nations comme celle des individus. Telles sont les lettres sur le suffrage universel, sur la centralisation, sur l'instruction, sur le mode d'élection. Valère, il est facile de le voir, a étudié ce dernier sujet avec un soin tout particulier, avec un véritable amour. Il lui a donné tous les développements qu'il comportait et, après avoir pesé avec scrupule tous les arguments en faveur ou contre la représentation des minorités, il s'en déclare le partisan. Quelques-uns l'en ont blâmé et entr'autres un esprit éminent, M. Renouvier, qui lui aussi, dans la *Critique philosophique*, a consacré une étude remarquable aux *Lettres de Valère*. Nous ne serions pas cependant, en ce qui nous regarde, éloigné d'admettre l'introduction de ce principe dans notre loi électorale. Nous voyons bien les avantages que pourrait en retirer la cause de la liberté ; nous avons plus de peine à apercevoir ce qu'elle pourrait y perdre. Malheureusement, notre pays, par son tempérament toujours porté aux extrêmes, cause et conséquence fatale des révolutions trop nombreuses qu'il a traversées, est peu disposé à entrer dans la voie de ces réformes sages et tempérées, les seules cependant qui eussent quelque chance de durée.

Sur bien des points on peut ne pas être du même avis que Valère; il est d'ailleurs si difficile de contenter tout le monde, même en ne professant que des opinions moyennes et en les exprimant avec la plus exquise courtoisie. Mais s'il est permis de ne pas penser comme Valère, ce qu'on ne saurait du moins lui contester, c'est le tour aimable qu'il sait donner à sa discussion, l'esprit dont il la sème avec une étonnante profusion, la force de l'argumentation, la clarté admirable avec laquelle il présente les raisons à l'appui de ses thèses, qualités maîtresses que peu de publicistes, même les plus renommés, possèdent au même degré, et qui auraient valu à l'auteur une éclatante notoriété, si ses *Lettres*, au lieu d'être publiées dans une feuille de province, l'avaient été dans un journal de Paris. Nous avons beau, en effet, nous appliquer à faire de la décentralisation, dans les arts, dans la littérature c'est toujours Paris qui crée les réputations, qui les consacre d'une manière irrévocable. Nous sommes profondément convaincus que c'est là un mal, un grand mal, mais il en est de celui-là comme de tant d'autres dont nous ne voulons ni ne pouvons nous guérir.

J'ai parlé tout à l'heure de la courtoisie de Valère et je ne retire pas le mot; cependant je dirai volontiers à ceux qui seraient tentés d'engager une polémique avec lui de ne pas trop se fier à cette courtoisie sous laquelle se cachent souvent des épines. Que de coups de plume plus sincères et surtout plus spirituels que ceux de Paulin Limayrac n'a-t-il pas distribués à droite, à gauche, à quiconque sort de la voie droite pour se jeter dans les extrêmes! Lisez ses lettres adressées à ses amis le légitimiste, le bonapartiste, le rouge, et dites-moi s'il est permis de railler ses adversaires avec plus de finesse, plus de goût? Quels traits acérés, lancés d'une main toujours sûre, atteignant l'adversaire à l'endroit faible, au point sensible ! Droit divin, césarisme, jacobinisme, chacun y passe à son tour et reçoit impartialement sa part des coups. Bien souvent il est arrivé à celui qui écrit ces lignes, en lisant dans le *Journal de Lyon* ces lettres qu'il se plaisait à collectionner et dont il ne se doutait certainement pas qu'un jour il serait appelé à rendre compte dans cette revue, de trouver que Valère malmenait un peu trop un parti dont les opinions lui sont chères, mais il n'en continuait pas moins sa lecture jusqu'au bout, entraîné par la puissance et la magie d'un style qu'il ne pouvait se lasser d'admirer. Il respirait d'ailleurs dans ces pages tant de bonne foi ! l'auteur montrait un désir si sincère d'être juste, impartial ! Ces lettres si brillantes n'empêchèrent pas cependant le *Journal de Lyon*, où elles paraissaient, de s'éteindre après une trop courte existence, l'aveugle bourgeoisie dont il défendait la cause, les intérêts, n'ayant pas su voir en lui un de ses plus fermes et de ses plus solides soutiens, et le parti républicain avancé s'étant empressé de le renier comme un faux frère. Mais le *Journal de Lyon* n'aurait-il à son actif que l'honneur d'avoir publié les *Lettres de Valère*, qu'il aurait bien mérité des amis de la cause libérale et de ceux qui n'ont pas déserté le culte de la vraie langue française.

III

Les deux volumes qu'un ami intime de Valère, un autre lui-même, Nizier du Puitspelu, bien connu du monde lettré de Lyon, a édités avec une piété toute filiale, ne contiennent pas seulement les lettres politiques que Valère écrivait au *Journal de Lyon*. Nizier du Puitspelu a fait précéder ces lettres d'une longue notice autobiographique écrite par Valère lui-même, et qui forme la partie la plus intéressante peut-être de cette remarquable publication. Jusqu'à un certain point il est permis de trouver que quelques-unes des *Lettres* ont vieilli, non par la forme, par le style, qui restera toujours un modèle, mais par les sujets qui y sont traités. Les lettres sur les enterrements civils, par exemple, ne peuvent plus présenter le même intérêt qu'au temps, heureusement loin de nous, où le préfet Ducros prenait son triste et mémorable arrêté. Les pèlerinages eux-mêmes, quoiqu'encore demeurés en honneur dans certaines localités, ne font plus le même bruit. Il en est donc des lettres de Valère sur ces sujets comme des provinciales de Pascal sur ces querelles théologiques, auxquelles nous avons peine à comprendre que nos pères se soient si puissamment intéressés. Mais les pages consacrées par Valère à son autobiographie n'ont pas vieilli et nous osons affirmer qu'elles ne vieilliront pas de longtemps. Valère, dans le cours de sa vie, a été mêlé à bien des évènements qu'il raconte avec sa bonne humeur et son esprit habituels. Observateur exact et profond à la fois, connaissant bien les hommes, habile à discerner leurs vices et leurs vertus, leurs défauts et leurs qualités, ne s'en laissant jamais imposer, toujours précis, sincère, n'avançant jamais un fait dont il ne soit en état de fournir la preuve, il nous peint tout un coin de l'histoire littéraire, artistique, politique de Lyon depuis le jour où, âgé seulement de quatorze ans, il s'essayait dans l'art d'écrire et jetait timidement et secrètement un article dans la boîte du journal le *Réparateur*, qui la publiait, à son grand étonnement mêlé d'un peu de fierté, jusqu'à celui où, parvenu à l'âge mûr, en pleine possession d'un talent et d'une réputation qui s'affermissaient de plus en plus, il écrivait ces *Lettres de Valère* qu'avait déjà précédées son livre si attachant sur Joseph Pagnon. Nous n'analyserons pas cette autobiographie, car ce serait lui enlever une grande partie de son charme. Il faut la lire pour jouir de ce qui en fait le principal mérite, de cette langue que Valère manie avec tant d'habileté, un art si expérimenté. Qu'il nous suffise de dire que ce lecteur curieux y trouvera avec plaisir les portraits d'hommes arrivés aujourd'hui à la célébrité dont l'auteur nous retrace quelques faits et gestes. Ici c'est le peintre Chenavard, le grand artiste philosophe, là Frédéric Morin, plus loin l'éminent poëte Victor de Laprade, qu'il nous

représente à une revue de la garde nationale, après les journées
de février 1848, le bras levé, entonnant d'une voix vibrante
« mourir pour la patrie », et tant d'autres enfin avec qui les lecteurs
de ce livre s'empresseront de faire une plus intime connaissance.

Ces deux volumes, pour nous résumer, contiennent donc tout ce
qu'un homme du goût le plus sévère a le droit d'exiger. Ils sont à la
fois instructifs et agréables ; instructifs par les questions diverses
qui y sont agitées avec une compétence rare, car l'auteur est un de
ceux, de moins en moins nombreux aujourd'hui, qui ne parlent
que de ce qu'ils savent, de ce qu'ils possèdent à fond, un de ceux qui
respectent leur lecteur et ne se permettraient pas de lui en imposer
par l'étalage d'une érudition superficielle, agréables enfin par l'esprit, la douce gaîté, la bonne humeur qui y règnent depuis la première page jusqu'à la dernière. Il est permis de différer d'opinion
avec lui, de donner d'autres solutions que les siennes aux problêmes
politiques ou moraux qu'il résout, mais chacun s'accordera pour
reconnaître que nul n'apporte plus de bon sens, de modération,
d'urbanité dans la discussion, et quand on se rappelle que toutes
ces pages ont été écrites dans les moments de nos luttes les plus
vives, les plus passionnées, alors que la France inquiète cherchait
avec anxiété un port sûr contre de nouvelles tempêtes, on ne sait
ce qu'on doit admirer le plus ou de l'esprit que Valère déploie et
du rare talent d'écrivain dont il fait preuve, ou de la présence
d'esprit, du sang-froid qu'il sait conserver dans ces polémiques
ardentes de la presse périodique. De là sur ses contradicteurs une
supériorité si écrasante qu'on finit presque par les prendre en
pitié et à se mettre à crier grâce pour eux. Les *Lettres de Valère*
méritent donc de survivre à bien des faits, bien des événements
qui leur ont donné naissance. Tous les hommes de goût, tous ceux
qui se piquent d'aimer les lettres, l'art de bien dire, doivent avoir
ces deux volumes sur les rayons de leur bibliothèque, non seulement pour jouir de la vue de livres admirablement imprimés,
mais pour les lire, les relire dans les moments de loisir et y ap-

prendre ce secret d'exprimer ses pensées, ses sentiments dans une ,
langue claire et cependant colorée, pure de toute locution vi-
cieuse, de tous ces néologismes dont il se fait aujourd'hui un si
grand abus:

Ceux-là aussi tiendront à les posséder qui, préoccupés du relèvement de la patrie, savent que la puissance millitaire seule ne
suffirait pas à ce relèvement, si le culte des lettres dont nous
parlions en commençant cette étude cessait d'être en honneur
dans la patrie de Pascal, de Molière, de Voltaire et de Rousseau.

Paul VIGNE.

SEPTIÈME PROMENADE

En chemin de fer jusqu'à Saint-Fons. — A pied : Vénissieux, Myóns,
Toussieu et Chandieu, Heyrieux, Saint-Quentin et Falaviers. Retour
par le chemin de fer

SAINT-FONS

OUR éviter la traversée aussi longue que fastidieuse
du faubourg de la Guillotière et le trajet non moins
ennuyeux de la grande route jusqu'à Saint-Fons,
nous prendrons le premier train qui part de la gare
de Perrache à 5 h. 3o m. du matin. De Saint-Fons
nous continuerons pédestrement jusqu'à Saint-Quentin
cette nouvelle excursion.

En quelques minutes, nous sommes à Saint-Fons.
Rien ne saurait nous retenir ici; pas plus que nous, vous n'êtes sorti de la
ville pour respirer les odeurs nauséabondes et corrosives que laissent s'é-
chapper les multiples usines: fours à chaux, équarissage, produits chimi-
ques, etc. qui peuplent la localité, et dont les hautes cheminées laissent
bien au-dessous d'elles la cime des magnifiques peupliers qui se profilent
le long du Rhône et de ses lónes.

Passons donc, mais auparavant rappelons que Saint-Fons est cité par
quelques-uns de nos vieux historiens ; ils prétendent que les druides de
l'Ile-Barbe venaient en grande pompe dans cette plaine, couverte alors d'une
épaisse forêt de chènes, pour y cueillir le gui sacré ; et que ce territoire fut

témoin des derniers épisodes de la grande bataille que Septime Sévère et Albin, livrèrent pour se disputer l'empire du monde. Rappelons aussi que le nom de Saint-Fons était naguère encore très populaire à Lyon. Là, se rendaient le premier dimanche de Carême, autrement dit le dimanche des Brandons ou des Bugnes, de longues et joyeuses troupes de masques et une foule de promeneurs de toutes conditions, à pied, à cheval, en charrette ou dans de brillants équipages ; là, pour dire adieu au Carnaval, avant d'entrer dans le Carême, on se livrait au plaisir, à la folie, à la débauche très souvent : c'était comme le pendant de la descente de la Courtille à Paris,

VÉNISSIEUX

Ce village en dehors de la grande route de Vienne, peu éloigné de Saint-Fons, et une de ses sections les plus importantes, est situé dans cette immense plaine qui s'étend de la rive gauche du Rhône à plusieurs lieues dans l'intérieur du département de l'Isère.

Cette plaine n'est rien moins que pittoresque ; mais elle offre de vastes horizons, et sur les petites collines qui la bordent au nord et au midi, existent de vieux manoirs, qui ne manquent pas d'un certain intérêt.

Au pied d'un coteau sablonneux et sur ses dernières ondulations qui viennent mourir dans la plaine, les maisons de Vénissieux sont groupées autour d'une ancienne église, qui était autrefois renfermée dans l'intérieur d'un château-fort, dont il ne reste plus que d'insignifiantes substructions. L'église date de l'époque de transition, c'est-à-dire entre le plein cintre et l'ogive ; à l'exception du chœur, elle est dépourvue de tout cachet artistique.

Une place assez spacieuse sert d'avenue à cet édifice ; quelques rangées d'arbres, deux ou trois cafés et magasins donnent à cette partie du village un aspect de petite ville.

Du côté de la campagne, à la Garenne, une grosse ferme, appelée le Château, était l'ancienne habitation seigneuriale. .

Les villageois s'adonnent, soit à l'agriculture, soit à de grossiers travaux dans les usines de Saint-Fons qui sont situées entre la grande route et le Rhône. Naguère encore, la plupart d'entre eux entreprenaient ces expéditions nocturnes dans notre ville, où ils venaient enlever, comme de véritables stercoraires, ces matières précieuses pour la fertilisation de leurs champs. Dans son langage imagé, le peuple nommait les équipages qui servaient à ce répugnant travail, l'*Artillerie de Vénissieux*.

Cette artillerie n'existe plus depuis quelques années ; elle a été remplacée par un nouveau système de vidange prétendu inodore.

L'histoire de Vénissieux peut se résumer en quelques mots. Au XIIIe siècle, il ressortissait du mandement de Béchevelin, relevant lui-même du chapitre de Lyon ; le comte de Savoie s'en fit reconnaître suzerain, au détriment du dauphin qui recouvra bientôt ses droits, tandis que l'Eglise de Vienne, profitant des embarras du Chapitre revendiquait l'autorité spirituelle sur ce village. De leur côté, les religieuses de l'abbaye royale de Saint-Pierre de Lyon, y fondèrent un prieuré. Dames du clocher elles nommaient à la cure, et la justice se rendait en leur nom.

Entre les villages de Vénissieux et de Myons, la promenade est peu intéressante; la pleine est sèche, graveleuse, peu favorable à l'agriculture. N'était le voisinage de Lyon, qui lui fournit de l'engrais en abondance, elle serait à peu près stérile. Point d'arbres autres que des chênes-nains, de chétifs pruniers et de maigres mûriers: des haies desséchées par le vent, brûlées par le soleil et dévorées par les chenilles, bordent des chemins et des sentiers poudreux; point d'eaux courantes; seulement quelques puits qui tarissent dans l'été et quelques boutasses vaseuses à proximité des habitations. Et quelles habitations! des murs en terre battue avec des assises en cailloux roulés présentent un aspect misérable avec leurs appentis déjetés, avec leur crépi mal entretenu qui se détache incessamment sous l'action de la pluie, de la chaleur et du vent. Où sont les épaisses futaies du Mont-d'Or et ses sources jaillissantes? Un vrai touriste doit faire contre fortune bon cœur!...

Ne faut-il pas des ombres aux tableaux pour pouvoir apprécier les multiples beautés de la nature et ses diverses manifestations?

Traversons donc rapidement cette plaine, à l'extrémité de laquelle on aperçoit le village de Myons, assis au pied d'une légère éminence, autour d'une église au clocher carré et trapu. L'ancien château, vu de loin, semble avoir une certaine importance; de près, il n'offre qu'un triste coup d'œil, car sa physionomie est plus navrante que s'il était ruiné tout à fait. C'est un mendiant vêtu de haillons composés de pièces et de morceaux ; c'est un hidalgo orgueilleusement drapé dans un manteau troué!

MYONS

Ce château délabré, qui en a remplacé un plus ancien dont on avait conservé la tour principale, datait du temps de la Régence ; il fut bâti par M. Pupil, qui succéda aux Villeroy dans la possession du fief de Myons. M. Pupil, descendant d'une famille de marchands ferratiers de Saint-Etienne, qui fournit un échevin à la ville de Lyon, appartenait à la magistrature. Le dernier rejeton de cette famille, jouissant d'une immense fortune, aimait le faste et l'apparat. Par ses'aventures galantes, il rappelait le chevalier de Faublas. A Paris, à Versailles, à la Cour, le luxe de ses équipages éclipsait ceux de tous les seigneurs, et même ceux des princes du sang; son opulence lui avait valu le surnom de *milord de Myons.*

On assure qu'il osa mettre un jour six chevaux blancs à sa voiture, et que le roi, indigné de cette audace, intima l'orde au *petit mylord de Myons* de se rendre dans ses terres. Son exil devait durer un an. A Myons, pour braver le roi et se mettre au-dessus des gentilshommes de la province, regardant son donjon comme le centre d'une souveraineté, il le fit exhausser plus que ne le permettaient les *us* féodaux; il déploya au sommet une bannière aux armes et aux

couleurs de Myons, sur laquelle on voyait une couronne de marquis. Le
gouverneur de la province fit effacer la couronne et abaisser le donjon au niveau réglementaire.

Notre châtelain, pour charmer l'ennui de l'exil fit bâtir une salle de spectacle, et engagea des comédiens, que toute la noblesse du voisinage fut invitée
à venir voir jouer. Ces saltimbanques amusaient le menu peuple, et tous les
dimanches il y avait bal sur la pelouse ; le seigneur ne dédaignait pas d'ouvrir la danse avec les jolies paysannes, fières de tant d'honneur.

La Révolution vint troubler fêtes et plaisirs, et faire disparaître château et
châtelain ; des bandes de pillards incendièrent cette somptueuse habitation ;
M. de Myons émigra, et ses domaines se vendirent au profit de la nation.

Au-dessous du château, se trouve une maison de peu d'apparence, mais à
laquelle se rattache le nom d'un homme assez célèbre : Imbert-Colomès qui était,
en 1789, premier échevin de la ville de Lyon. Ardent réactionnaire, député au
conseil des Cinq-Cents, émigré après l'avortement de la conspiration du
18 fructidor, il s'occupa sans cesse et partout de nouer des intrigues avec les
ennemis de la République.

TOUSSIEUX ET CHANDIEUX

Le château de Toussieux, qui est situé sur la côte, à l'extrémité de la colline de Myons, et qui domine un petit village, vient d'être restauré par un
négociant lyonnais. Il se compose de quelques bâtiments et d'une grosse tour
circulaire, l'une des mieux conservées et des plus importantes que nous ayons
vues ; elle possède encore intacte une couronne de créneaux ; sa galerie à
machicoulis a seule éprouvé les injures du temps.

Une plaine très étroite sépare Toussieux de Saint-Pierre-de-Chandieux,
gros village qui doit son existence à un antique prieuré détruit il y a une
cinquantaine d'années, et dont l'emplacement est occupé par l'église actuelle.
Grâce à de précieux dessins relevés par Augustin Thierriat, ancien directeur
des musées de Lyon, nous savons que l'architecture de ces anciens bâtiments
était du style roman, et qu'une croix était érigée sur un taurobole païen.

Un mauvais chemin rampant sur le flanc de la colline nous fait parvenir en
quelques instants sur le plateau où trône le château de Chandieu.

Ce château, bien qu'habité, offre l'aspect d'une véritable ruine, des lézardes
sillonnent les murailles ; les baies de la plupart des portes et des fenêtres dis-
parues sont fermées avec des bouchons de paille ; quelques-uns des planchers
tremblent sous les pas des visiteurs, d'autres sont effondrés ; les vents ont en-
levé aux toits une partie des tuiles qui les couvraient, les cheminées sont à
moitié détruites, et les tourelles semblent ne se soutenir que par artifice ; partout des dégradations viennent attrister le regard.

Les fondateurs de ce château, pour compléter la force naturelle de la posi-
tion, avaient exécuté quelques travaux défensifs, construit une première ligne
de remparts, et creusé un fossé qui, allant d'un versant de la colline à l'autre

versant, isolait celle-ci de l'emplacement où le château [est assis. La partie
de l'escarpe qui plonge dans le fossé repose sur une série de voûtes en maçon-
nerie soutenant le terrain rapporté de l'esplanade. La porte principale se
trouve dans un angle rentrant, défendu par une plate-forme crénelée.

Franchissons cette première porte, suivons un chemin tournant, qui, à travers
une vaste cour, conduit à la porte d'une seconde enceinte, au centre de laquelle
s'élèvent l'esplanade et le château ; ce dernier consistait primitivement en un
seul corps de logis massif accoté de quatre guérites, lesquelles montent bien au-
dessus du toit. A la fin du XVe siècle, un second bâtiment d'une architecture
plus élégante y fut ajouté.

On y remarque deux grosses tours demi-circulaires, et une gracieuse tourelle
à trois pans dans laquelle se déroule un escalier étroit, aux marches disloquées.
Cette tourelle est décorée d'un bas-relief mutilé, dont le sujet serait difficile à
deviner, et d'un écusson aux armes des Chandieu : *de gueules au lion d'or grim-
pant paré d'azur*; et pour devise : *Eternité*.

En 1813, la plate-forme de cette tourelle servait de point trigonométrique aux
ingénieurs géographes chargés de faire des études, en vue de relier le Mont-
Blanc à la méridienne de Dunkerque. Leur séjour en ce château est rappelé par
une inscription, de laquelle une main vandale a effacé à coups de marteau le
nom de l'empereur Napoléon.

Du château de Chandieu, on embrasse un vaste panorama circulaire encadré
par les montagnes de la Grande-Chartreuse, de la Savoie, du Bugey, du Lyonnais et du Forez. Les maisons de la Croix-Rousse, le dôme des Chartreux, les
clochers de Fourvière et de Saint-Irénée, les coteaux de Sainte-Foy se profilent
sur le fond bleuâtre du Mont-d'Or, tandis que la ville de Lyon semble noyée
dans un océan de vapeurs et que le plateau de la Bresse fuit au nord jusqu'aux
pieds du Revermont. Le Rhône décrit un immense demi-cercle depuis sa sortie
de la gorge de Vertrieux jusqu'à son entrée dans la vallée de Givors. La plaine,
sillonnée par le chemin de fer et par des routes blanchâtres, paraît unie, malgré
les petites collines qui s'abaissent peu à peu en arrivant au Rhône.

Une autre colline, séparée de celle-là par une dépression caractéristique, porte
à son double sommet deux ou trois gros blocs erratiques, auxquels les habitants attribuent une origine diabolique, tandis que quelques savants se plaisent
à les considérer comme les débris d'un monument druidique, d'un dolmen sans
doute.

Dans la dépression, deux ou trois fermes et une petite chapelle, blotties au
pied du château, forment le hameau de Saint-Thomas, d'où nous avons bientôt
regagné le village de Saint-Pierre.

HEYRIEUX

Nous suivons la route départementale de Vienne à Bourgoin ; elle se déroule
parallèlement au chemin de fer, au bas de la colline. La plaine devient plus
agreste, plus verdoyante. Ce n'est pas encore du pittoresque, mais ce n'est plus
cette monotonie désespérante que nous avons signalée plus haut.

Heyrieux, où nous parvenons après une heure de marche, est bâti non loin de collines agréablement cultivées, à proximité de bois et de sources abondantes. Ni bourg, ni village, il tient un peu de l'un et de l'autre. Le commerce des blés y est important, et aussi l'industrie de la cordonnerie.

Rien ici pour le touriste, point de butin pour l'artiste, aucune compensation à un peu de fatigue. Mais à certain endroit où la plaine s'infléchit du côté de l'orient, on voit se développer tout à coup un horizon d'autant plus beau qu'il est inattendu.

Assis sur le socle rustique d'une croix, à l'ombre d'un bouquet d'acacias, au-dessus d'une profonde tranchée du chemin de fer, nous analysons les détails du tableau.

A droite, voici une grosse ferme à tourelles, la Colombière; à gauche, le château de Sérézin, qui apparaît gracieux entre les arbres d'un parc immense le coteau de Genay, dont l'église et sa flèche élevée sont le point saillant du paysage; devant nous, une plaine qui va se perdre dans les anciens marais de la Verpillière, traversés par la Bourbre, aujourd'hui canalisée et bordée d'un sextuple rang de peupliers d'Italie; au-delà du canal, un petit massif montagneux dans l'intérieur duquel sont réunis des villages et des châteaux, des fermes et des étangs, un lac et des bouquets de bois; puis encore, cette plaine peu fertile, peu habitée, qui va se terminer sur les bords du Rhône, à la base des rochers de Crémieu, d'Hyères et de la Balme; puis enfin, dans le fond, l'immense hémicycle tracé par les montagnes du Bugey, de la Savoie, et du Haut Dauphiné. Cet ensemble est de toute beauté; mais la perle de l'écrin est le vallon de Saint-Quentin, à l'entrée duquel nous arrivons bientôt.

SAINT-QUENTIN ET FALAVIERS

L'entrée de ce vallon, circonscrit entre les mamelons boisés qui font saillie de la chaîne de Chandieu et d'Heyrieux, semble fermée par la gare, ou plutôt par le village de Saint-Quentin, à moitié caché derrière un rideau de beaux noyers, d'où émerge le toit pointu de son clocher. Dans le fond s'élèvent les ruines imposantes de l'antique forteresse de Falaviers dont le profil dentelé se dessine hardiment sur le fond lointain des montagnes de la Grande-Chartreuse. Rien de plus poétique et de plus majestueux à la fois! Le regard ne peut s'en détacher, et loin de perdre son prestige à mesure qu'on s'en approche, ce site présente, à chaque pas, de nouvelles beautés et de très heureux détails.

Avançons, dépassons le village; engageons-nous dans un petit chemin bordé de hauts buissons de vernes et de saules, qu'arrosent de limpides et murmurantes rigoles; sautons de pierre en pierre pour les traverser. Au-delà, le chemin monte et se déroule sur le revers de la colline qui est à gauche, à l'ombre de grands chênes. Selon les éclaircies du bois et les ondulations du sol, les ruines paraissent et disparaissent, et semblent fuir comme pour exciter davantage notre curiosité.

Les voici !.. elles se dressent devant nous dans toute leur splendeur. Elles couvrent toute la superficie d'un mamelon, qui ressemble à une loupe placée au flanc de la montagne du Relong. La double enceinte de remparts, les portes, les tours, les contreforts, les fossés, les réduits, les logements, la chapelle et le donjon, sont assez bien conservés pour que l'imagination puisse reconstruire la forteresse féodale telle qu'elle était aux temps où elle dominait la contrée.

Datant probablement de l'époque carlovingienne, et l'un des plus importants boulevards du second royaume de Bourgogne, Falaviers passa sous la suzeraineté des empereurs d'Allemagne, qui l'inféodèrent à de grandes familles de la contrée, lesquelles embrassant tour à tour le parti du dauphin et des comtes de Savoie, leur rendirent successivement foi et hommage.

Au temps où ils possédaient cette terre, les comtes de Savoie en détachèrent quelques rentes au profit des chevaliers de Saint-Jean de Jérusalem, en échange de la maison dite des Templiers et d'un vaste jardin que cet ordre possédaient à Lyon, sur les bords de la Saône, à l'endroit où est aujourd'hui le quartier des Célestins.

Nous ne relèverons pas tous les événements dont furent témoins les remparts de la noble forteresse dans le cours du moyen âge ; mais nous rappellerons que, passée dans le domaine de France, elle fut occupée momentanément par les partisans du prince d'Orange, en 1430, prise et reprise par les protestants et les catholiques durant les guerres de religion du XVI⁰ siècle, et démantelée par les ordres de Richelieu.

Comme dans toutes les ruines féodales de cette partie du Dauphiné, celles de Falaviers recèlent dans leur sein de riches trésors, entre autres le célèbre Veau d'or, les diamants et la couronne du prince d'Orange vaincu à la bataille d'Anthon. Ces richesses sont l'objet de la convoitise des villageois et même des citadins qui, sous la conduite de somnambules, ont fait de vaines recherches dans les souterrains comblés de la vieille forteresse.

Au sommet de la montagne du Relong, au-dessus des ruines, on remarque un emplacement tout à fait dénudé, où s'élève un cône tronqué, entouré de vestiges de fossés et de fragments de murs cachés à moitié sous un manteau de gazon. Les seigneurs de Falaviers avaient construit en cet endroit une tour d'observation dominant la plaine de la Verpillière, que la montagne masquait aux défenseurs du château.

De ce lieu, en effet, la vue plane sur un vaste horizon ; il rappelle le souvenir de Cassini et de nos ingénieurs modernes, qui y fixèrent un signal pour relever la carte du pays d'alentour.

Au pied de la montagne et au fond du vallon, le paysage se reflète dans les eaux dormantes d'un étang, qui baigne plusieurs hameaux, et s'écoule du côté de la Verpillière, en donnant sur son parcours la vie à des moulins et la fertilité aux prairies riveraines.

En revenant sur Saint-Quentin, pour prendre le dernier train de Lyon, nous passons devant un vieux petit castel, dont la tour carrée surgit audessus d'un autre étang : c'est le château des Allinges, assez bien conservé et approprié à une exploitation rurale.

Ruines, châteaux, fermes, étangs tout appartient aux hospices de la ville de Grenoble, héritiers de ce riche domaine depuis la mort du dernier possesseur, M. de Moydieux, arrivée il y a un certain nombre d'années.

On voit, près du village de Saint-Quentin, les débris d'une antique chapelle, et l'entrée d'un souterrain, dans lequel on ne peut que très difficilement pénétrer à cause des éboulements qui obstruent le passage. Il se nomme la Sarrasinière, et n'est autre chose, selon nous, qu'une ancienne galerie destinée à une exploitation de minerai de fer, qui se fait encore sur d'autres points de la commune; le minerai est dirigé sur Vienne dont il alimente les hauts-fourneaux.

L'EMPEREUR ET LE BARON RAVERAT

Non loin de la gare, à l'endroit où la route de Crémieu à Vienne se croise avec la grande route de Bourgoin à Lyon, eut lieu un épisode que nous ne saurions passer sous silence, car il se rattache à la vie de notre père et au retour de Napoléon, en 1815.

Personne n'ignore les circonstances du débarquement à Cannes de l'Empereur venant de l'île d'Elbe, et sa marche triomphale dans le département de l'Isère. Ce fut dans la journée du 8 mars 1815, que la nouvelle de l'arrivée de Napoléon parvint à Crémieu, notre pays natal. Le lendemain, le baron Raverat monta à cheval et, suivi d'une foule d'amis et d'anciens volontaires de 1814, il alla au-devant de l'Empereur. A l'endroit que nous venons d'indiquer, il rencontra le général Cambronne qui commandait un corps de lanciers polonais et de grenadiers français, formant l'avant-garde du Bataillon-Sacré. L'Empereur suivait, à peu de distance dans une calèche découverte allant au pas. Une nombreuse population, accourue de tous les villages d'alentour encombrait la route.

La voiture s'étant arrêtée à l'approche du baron Raverat, le général Drouot le présenta à l'Empereur. Napoléon l'eut bientôt reconnu; il lui pressa les mains comme à une ancienne connaissance, et s'entretint quelques instants avec lui.

L'Empereur l'engagea à le suivre à Lyon, où il aurait à prendre les ordres du maréchal Bertrand, en ce moment dans la même voiture que lui.

Le vieux soldat prit place dans le Bataillon-Sacré, et le soir même il entra à Lyon avec l'Empereur, qui fut reçu au milieu des applaudissements du peuple et de la garnison; il le suivit jusqu'à Paris.

HUITIÈME PROMENADE

*En chemin de fer jusqu'à Saint-Priest. — A pied : Saint-Denis de Bron,
Saint-Alban et l'Asile de Bron, Monchat et Villeurbanne, le Molard de
Décines, le menhir de Pierre-Frite, Vaulx-en-Velin, le cours de la
Rize. Retour à Lyon par l'omnibus.*

SAINT-PRIEST

Le train de Bourgoin pris à la gare de Perrache, nous fait traverser rapidement une partie de la grande et uniforme plaine du Dauphiné, qui s'étend
à l'est de Lyon. On a le temps de jeter en passant un coup d'œil sur les forts
du Colombier et de la Mothe, sur l'asile des aliénés de Saint-Jean-de-Dieu, et
de voir à certaine distance le clocher de Vénissieux.

A la gare de Saint-Priest, nous mettons pied à terre. Elle est peu éloignée
du village.

Bien bâti, propret, d'un aspect attrayant, Saint-Priest est assis sur les flancs
adoucis d'un petit coteau couronné par un château d'un style architectural
peu correct, mais empreint d'une véritable élégance.

Du côté du nord, le château est de plain pied avec le sol, mais au midi, il
s'élève sur une double rangée de terrasses précédées de belles rampes et de larges
avenues de sycomores. Son vaste corps de logis date de plusieurs époques ; un
gros donjon muni de tourelle et de machicoulis, seul reste d'un ancien château féodal, rompt la monotonie régulière des lignes du monument.

Ce château appartint jadis à la famille Richard. Au XVIIe siècle, une de-
moiselle de cette famille l'apporta en dot à Jacques Guignard, qui prit d'abord
le titre de vicomte, et plus tard celui du comte de Saint-Priest. De la famille
Guignard sont issus plusieurs hommes illustres dans la magistrature, l'armée
et la politique. Le plus connu d'entre eux est François-Emmanuel, soldat,
ambassadeur, ministre en 1790, émigré, pensionné par la Russie, comblé de fa

veur par tous les souverains de la Sainte-Alliance, et appelé par Louis XVIII à
la chambre des Pairs, où il siégea jusqu'à l'âge de quatre-vingt-six ans. Un
de ses fils avait été tué pendant la campagne de France, en combattant à la
tête d'une division russe,

Parmi les rois de France, dont plusieurs séjournèrent au château de Saint-
Priest, Charles VII est celui dont le passage a laissé le plus de souvenirs dans
l'histoire locale. Il vint à la tête d'une armée, pour faire rentrer dans l'obéis-
sance son fils Louis, qui devint plus tard Louis XI, et s'efforçait déjà, dans
son gouvernement du Dauphiné, à exercer le pouvoir absolu.

Vers la fin du XVI° siècle, le duc de Nemours et Lesdiguières s'y réuni-
rent pour tâcher d'apaiser, dans le Dauphiné et la Provence, les ferments de
discordes suscitées par les longues et sanglantes guerres de religion.

Au commencement de la Révolution, la comtesse d'Artois, quittant la France
pour se réfugier, à Turin, se reposa quelques heures au château de Saint-
Priest, sorti depuis de la famille Guignard, pour passer en d'autres mains.

Un vaste et beau panorama se déroule aux yeux du visiteur placé sur la
terrasse supérieure de cette noble habitation. Du côté du nord, ce panorama
est borné par le coteau lui-même, mais dans les autres directions, on aperçoit
par delà la plaine, la belle tour de Toussieux, l'antique manoir démantelé de
Chandieu, le sommet des Alpes et la longue chaîne du Lyonnais qui, aux con-
fins de l'horizon, va se confondre avec celle du Vivarais.

Une plaine plus élevée que la précédente s'étend au-dessus du coteau de
Saint-Priest. Dans l'une comme dans l'autre, c'est d'ailleurs la même nature de
terrain et les mêmes productions agricoles.

SAINT-DENIS DE BRON

En une heure à peine, on arrive sur la grande route de Bourgoin, au village
de Saint-Denis de Bron, c'était jadis le premier relai de poste en sortant de Lyon.

L'église et le centre de la commune se trouvent à quelques centaines de
mètres au nord de la route, dans l'intérieur de la campagne.

Un fort a été nouvellement construit à peu de distance du village, relié à
celui de Feyzin, par la redoute du Grand-Parilly, il est destiné à compléter
la défense de Lyon, du côté de l'orient, et à battre les plaines de Decines et
de Villeurbanne.

Nous ne saurions venir à Bron sans rappeler la célébrité dont une fête
patronale a joui pendant bien des siècles, et jusqu'au commencement du nôtre.

Le jour de la Saint-Denis, les Lyonnais y accouraient en foule ; le vin blanc
nouveau animait la fête ; puis, vers la fin du jour, les cerveaux étant un peu
troublés par de fréquentes libations, on reprenait le chemin de la ville en
chantant des chansons burlesques et même obscènes. Les injures les plus
grossières pouvaient être lancées contre le premier venu, sans qu'il eût le
droit de s'en formaliser, sauf à se défendre avec les mêmes armes. Les ser-
gents du guet eussent été d'ailleurs mal avisés de sévir au milieu de cette
foule avinée dont la licence était, ce jour-là consacrée par l'usage.

Ces fêtes scandaleuses cessèrent pourtant, voici à quelle occasion : Dans les premiers temps de l'Empire, le cardinal Fesch traversait malencontreusement le faubourg de la Guillotière, au moment où le populaire revenait de Bron. Ni la sainteté de son ministère, ni son illustre parenté, ne le mirent à l'abri de tyrades cyniques et graveleuses empruntées au fameux catéchisme de Vadé. Son Eminence eut le bon esprit de ne pas manifester son mécontement; mais cette année-là vit la dernière vogue de Saint-Denis de Bron, et la fin de ces fêtes en tout dignes des saturnales du paganisme.

C'est à la suite d'une de ces fêtes que, le 17 novembre 1711, arriva la terrible catastrophe qui causa la mort de trois cents personnes, sur le pont de la Guillotière, au moment où la foule se pressait pour rentrer à Lyon. Cette catastrophe porte le nom de : *Grand étouffement du pont*.

Un des points les plus intéressants de la commune se trouve à deux portées de fusil de la grande route, sur le chemin vicinal de Bron à Saint-Alban. C'est le hameau des Essarts. Il se compose d'une vieille maison-forte, accompagnée du colombier de rigueur et de quelques bâtiments d'exploitation. L'ensemble est pittoresque, et la localité assez boisée; sur le derrière, un parc entouré d'une haie vive fort bien tenue; devant, une mare où viennent se désaltérer les bestiaux; à côté, une double rangée de vieux chênes qui ombragent une avenue solitaire, envahie par les racines saillantes des arbres et par les longues herbes. Cette avenue conduit sur le coteau du Grand-Parilly, où est assise une jolie habitation, et d'où l'on jouit d'une perspective plus étendue que du coteau de Saint-Priest. Un charmant petit bois était sur le versant nord; il a disparu par suite de la construction d'un fortin et de quelques redoutes, dont les feux pourraient se croiser avec ceux des canons des forts de Bron et de Feyzin.

SAINT-ALBAN ET L'ASILE DE BRON

Un autre point, également à visiter, se trouve non loin de là sur le versant qui regarde Lyon. C'est Saint-Alban où, selon quelques historiens, l'infortuné Albin, le rival de Septime-Sévère, serait venu se réfugier après la perte de sa dernière bataille, et où le vainqueur, encore ivre du sang qu'il avait répandu à Lyon, lui fit trancher la tête.

La petite chapelle que l'on remarque au lieu appelé Montvert, serait élevée sur l'emplacement occupé autrefois par un votif romain qui rappelait que cet événement se serait passé là. La façade septentrionale contient une pierre avec cette inscription : *Militavit... Lugdunen... Matri... piissim...*

Cette antique chapelle est nouvellement restaurée, entourée de sycomores et de massifs de lilas, et surmontée d'un campanile, qui lui donne un air italien.

A côté, existe un ancien manoir que domine un gros pigeonnier, auquel est accolée une petite tourelle. Ce manoir a été habité par une communauté de Feuillants, puis a appartenu aux abbesses de Saint-Pierre de Lyon.

En face est un vaste bâtiment construit pour une filature de soie, puis occupé par un pensionnat desservi par des Jésuites, aujourd'hui affecté à un hospice de vieillards et d'enfants incurables.

Ajoutez-y quelques maisons de villageois, et vous aurez tout le hameau de Saint-Alban.

De là, on a une belle vue sur les montagnes du Pilat et les collines qui dominent Lyon; sur la ville, la Guillotière et Monplaisir, sur les hautes cheminées qui s'élèvent dans la plaine ; sur le château de la Mothe, enclavé dans les casernes, les fossés et les glacis du fort qui porte le même nom. Ce château est populaire dans notre histoire locale par le séjour de Marie de Médicis qui vint à Lyon, où l'attendait Henri IV, son royal fiancé.

La nouvelle route de Vénissieux à Villeurbanne, plantée de jeunes peupliers et d'acacias, croise la grande route au-dessus de la Montée des Sables et à quelques pas d'une noire et vieille habitation, moitié château, moitié ferme. C'est le château des Tours construit vers la fin du XVIe siècle par un négociant lyonnais nommé Laube qui, anobli après avoir exercé les fonctions de conseiller de ville, prit le titre de seigneur de Bron. Ce château est englobé aujourd'hui dans les dépendances de l'Asile de Bron.

Ce nouvel établissement hospitalier occupe un vaste périmètre sur le plateau lui-même. Magnifiquement construit, il est destiné aux malheureux que la raison a abandonnés, et reçoit aussi certaine catégorie des pensionnaires de notre vieil hospice de l'Antiquaille. Le dôme qui surmonte la chapelle domine l'ensemble des nombreux bâtiments, qui, tous, ont une destination spéciale. L'avenue de cet asile s'ouvre sur la route elle-même et aboutit à l'entrée principale, close d'une magnifique barrière en fer.

D'ici, comme de la plupart des points que nous venons de visiter, la vue se promène du chaînon de Décines à la chaîne du Lyonnais, et des collines de Chandieu aux montagnes du Bugey ; elle se repose sur Villeurbanne et Montchat, au pied même du plateau de Bron, où, par deux ou trois larges lacets, aboutit le nouveau chemin.

MONTCHAT ET VILLEURBANNE

Ici, de nombreuses maisons entourées de jardinets constituent une agglomération qui tend de jour en jour à devenir plus considérable : c'est le quartier de Montchat. Il est de formation récente, et habité par une foule de petits rentiers, d'humbles employés et d'ouvriers qui, à force d'économie, sont parvenus à réaliser un modeste avoir. Là par beaucoup de soins et de travail, ces heureux propriétaires réussissent à faire produire à leurs jardinets quelques fleurs, des fruits et des légumes.

Une chapelle s'élève à l'extrémité du quartier, tout auprès d'une assez belle maison bourgeoise reflétant un faux air de château et ombragée tant bien que mal par les arbres maigres et clair-semés d'un parc qui monte sur les flancs et jusqu'au sommet de la colline.

Néanmoins, tels quels, chateau et parc distraisent agréablement les yeux de la monotonie de cette plaine.

Une ligne de tramways et la nouvelle voie ferrée de Crémieu mettent Montchat en communication rapide avec Lyon. Ces services ne peuvent être que très avantageux pour cette localité et ont fait oublier tout de suite les anciens omnibus.

L'important village de Villeurbanne est à deux pas de Montchat. Ses maisons s'alignent tout le long de la route de Crémieu, sur un espace d'au moins trois kilomètres; elles se joindront bientôt à la Guillotière et aux Brotteaux. L'église paroissiale, qui attend patiemment le ciseau du sculpteur pour être terminée, a sa façade principale sur une jolie place plantée d'arbres et formant terrasse sur les Balmes-Viennoises. De cette terrasse et de ces balmes que la Rize côtoie, on découvre les plaines basses des Charpennes et de Vaulx-en-Velin, le cours du Rhône, le château de la Pape et le versant oriental du haut plateau de la Dombes.

Le berceau de cette populeuse commune est à un kilomètre de là plus au nord. A la côte, Cusset et Cornavant; on y arrive, soit par un vieux chemin tracé sur les balmes elles-mêmes, soit par un nouveau boulevard ouvert à travers des propriétés d'agrément. Dans cet endroit, les maisons plus rustiques sont rassemblées autour d'une ancienne église très simple dédiée à Saint-Julien et vénérée des mariniers au temps où un grand bras du Rhône passait, dit-on, au pied de la côte ou des Balmes-Viennoises sur lesquelles elles s'élèvent. Les habitants se livrent exclusivement à la petite culture potagère, tandis que ceux des quartiers modernes ont créé des établissements industriels de diverses natures.

Le territoire de Villeurbanne a dû être occupé par les Romains; on y a découvert quelques médailles de cette époque. De temps immémorial, l'Eglise de Lyon possédait la justice de ce pays, avec les droits seigneuriaux les plus étendus; une ordonnance signée par un Charles, roi de Bourgogne, lui en confirmait la possesion.

Disons en terminant que c'est à Villeurbanne que naquit François-Nicolas Cochard, né le 20 janvier 1763, mort à Sainte-Colombe près de Vienne, le 20 mars 1834, avocat, membre de l'Académie de Lyon, auteur d'un grand nombre d'ouvrages relatifs à l'histoire de notre province.

LE MOLARD DE DÉCINES

La plaine fastidieuse qui s'étend sur un rayon de quatre kilomètres entre Villeurbanne, Montchat et le Molard de Décines, vit s'élever, en 1843, une ville de toile, de planches et de paille. C'était un camp, où pendant plusieurs mois, eurent lieu de grandes manœuvres militaires commandées par le duc de Nemours. Jusqu'à la levée du camp, la foule s'y porta sans cesse afin de jouir d'un spectacle pour lequel se passionne toujours le peuple de Lyon.

Le Molard, proprement dit, est le point culminant de ce chainon de petites collines sablonneuses, qui, du village de Genas, viennent finir en pente abrupte sur les bords de la Rize et des marais de Vaulx-en-Velin. C'est un cône pyramidal et probablement artificiel. Un étroit sentier en spirale donne accès sur son sommet. Du côté du chaînon, existe encore deux lignes demi-circulaires de fossés en parfait état de conservation.

Le Molard aurait été occupé en 1814 et 1815, par une batterie d'artillerie dans le but d'observer l'ennemi qui pouvait se diriger sur Lyon, soit par la route de Crémieu, soit par celle de Miribel. Les fossés dateraient de cette époque.

En 1750, le géographe Cassini se plaça sur ce point pour le relevé du terrain, nécessaire à la confection de sa belle carte du Dauphiné.

La vue y est étendue, variée, agréable ; elle domine la vallée du Rhône et les plaines voisines. A cinq minutes de là, sur la route, plusieurs habitations rustiques forment le hameau du Molard. On y trouve aussi une gare du chemin de fer.

Les Romains avaient établi sur ce monticule un poste d'observations et un phare pour les besoins de la navigation du fleuve, dont la principale branche, avons-nous dit, passait au pied du monticule. Des vestiges retrouvés en cet endroit et dans les environs sont des témoignages de cette occupation.

Ces vestiges sont intéressants ; ils se composent d'un sabre en acier, un fer de cheval en argent et des pièces romaines que l'on fait remonter à l'époque impériale. Une de ces pièces porte le nom et l'effigie de Gordianus. La plupart de ces objets sont déposés au musée de Grenoble.

Une statuette en bronze fut trouvée dans les mêmes endroits. Représentant une Cérès, à laquelle la tête manque, elle est d'un travail qui indique la meilleure époque ; elle orne les vitrines de notre musée des Antiques.

Plus loin, de l'autre côté du Molard, on a remis au jour le rudus d'une voie antique, qui se dirigeait sur le bord du Rhône, et exhumé une autre statuette. Elle représente un jeune homme à longue chevelure, vêtu d'une tunique attachée à la taille par une ceinture très gracieusement nouée ; les jambes sont nues et les pieds chaussés de sandales. D'après une inscription gravée sur son socle, elle est dédiée : *au génie des ouvriers en bronze de Diara.*

N'ayant pu être acquis pour notre musée, cet objet d'art est resté entre les mains de son propriétaire.

Une petite butte en terre rapportée surgit à quelques pas à l'ouest du Molard, au milieu d'un champ cultivé ; ce serait un tumulus qu'un villageois a éventré, pensant y trouver un trésor. Son espoir a été déçu. Mais il a découvert en minant une vigne voisine, une grande quantité d'ossements humains mêlés à des débris de tuiles et de briques. Dans les champs voisins on a trouvé plusieurs tronçons de petits canaux-aqueducs solidement bétonnés, qui partaient des coteaux de Décines-Charpieux où jaillissent des sources abondantes, et qui paraissaient se diriger du côté de la ferme de Pierre-frite, dont nous aurons à parler tout à l'heure.

Toutes ces trouvailles et d'autres beaucoup plus anciennes encore, que nous ne pouvons mentionner ici, ont autorisé un archéologue lyonnais à placer là l'existence d'une ville gauloise qui florissait longtemps avant l'arrivée des Romains.

LE MENHIR DE PIERRE-FRITE

Dans une terre à blé et sur la lisière d'une vigne, entre la gare de Décines, la route de Crémieu et le chemin de Vaulx, existe un bloc de granit connu sous le nom de Pierre-Frite, Pierre-Fiche, Pierre-Frette. Ce bloc est couché sur le flanc; sa forme, ovale, mesure quatre mètres de longueur, un mètre trente de largeur et quatre-vingt-dix centimètres d'épaisseur. On y remarque cinq trous peu profonds.

Les érudits sont d'accord pour voir dans la Pierre-Frite un monument druidique, un menhir ou peulven; mais les villageois, qui méprisent cette opinion et ne s'expliquent pas la présence de cette masse énorme, isolée au milieu d'un pays où l'on ne trouve que des cailloux de médiocre grosseur, lui attribuent une origine merveilleuse.

Les uns débitent de sang-froid une légende, selon eux, des plus authentiques. Dans une lutte avec le diable, le bon Dieu lui-même lança cette pierre du haut de Fourvière jusque là, par dessus la Saône et le Rhône, tandis que l'ennemi du genre humain ne put lancer la sienne qu'à la moitié de la distance.

D'autres prétendent que Gargantua, assis sur le coteau de la Pape et jouant avec sa femme et ses enfants, lança comme but ce bloc, puis comme palet, une autre pierre qui tomba tout à côté; cette pierre sert actuellement de margelle au puits d'une ferme voisine, et les cinq trous que l'on remarque dans le bloc sont l'empreinte des doigts de Dieu ou de Gargantua.

Des écrivains, et des plus savants, disent que les druides se rassemblaient autrefois autour de ce bloc pour cueillir le gui sacré qui croissait en abondance dans les forêts voisines; que là, ils amenaient les victimes offertes en sacrifice à leurs terribles divinités, et qu'après les avoir égorgées, ils faisaient couler leur sang dans les trous ou écuelles, creusés sur la pierre et que ce sang servait à la purification des pêcheurs et à la consécration des néophytes.

D'autres encore avancent que dans ces trous étaient scellés des anneaux où les mariniers amarraient leurs bateaux, lorsque le Rhône longeait le pied des Balmes-Viennoises.

D'autres enfin y voient un phallus symbolique; ils affirment que, dans certaines circonstances, des femmes de villages voisins y venaient jadis en dévotion, et que cette étrange coutume dura jusqu'à une époque assez rapprochée de nous.

Ce qui est certain, c'est que la Pierre-Frite resta debout jusqu'au commencement de ce siècle, époque où le propriétaire du champ voulut l'en faire enlever. Mais il eut beau y atteler nombre de bœufs et de chevaux, il ne réussit qu'à la renverser. Il allait recourir à la poudre pour la mettre en pièces, lorsque le juge-de-paix du canton de Meyzieu, M. Broal, intervint pour réclamer la conservation de ce monument légendaire.

A une portée de fusil, au plus, sur le versant des balmes, on voit la ferme de Pierre-Frite et une fabrique de sucre de betteraves. La fabrique date de quelques années, mais la ferme est très ancienne.

Elle est bâtie, dit-on, sur des substructions que l'on croit romaines ou seulement du moyen âge. De lointaines traditions les attribuent à un prieuré d'Augustins, disparu à une époque ignorée.

Quoi qu'il en soit, nous y avons vu nous-même, il y a une quinzaine d'années, une grosse pierre placée à l'un des angles de la ferme et servant de bouteroue. Quelques vagues indices nous autoriseraient à penser qu'elle pouvait provenir d'une colonne; d'autres matériaux de même nature étaient dispersés aux alentours.

Entre la fabrique et la ferme existe un chemin vicinal qui tend de Décines à Vaulx-en-Velin. Il sert de limite aux départements du Rhône et de l'Isère. Par une tranchée creusée dans la Balme, il descend sur les bords de la Rize, qu'il traverse sur un petit pont de pierre, au delà duquel il s'engage dans la plaine ou vallée basse et verdoyante placée à douze ou quinze mètres en contre-bas de celle de Villeurbanne. En une demi-heure, il atteint le village de Vaulx-en-Velin

VAULX-EN-VELIN

Ce village est divisé en trois quartiers : celui de Palud, celui de Bouche-Torse et celui de l'Eglise ou du Château. Parlerons-nous de l'église, agrandie dernièrement, et dont le chœur, surmonté d'un campanile à trois ouvertures, d'un effet très heureux, est le seul morceau de la partie primitive qui reflète un caractère antique ?... du château, bâtiment de l'avant-dernier siècle, bâti sur les débris d'une forteresse féodale dont on découvre çà et là de puissantes assises et d'épaisses murailles ?... puis du surplus de la commune qui se compose de fermes dissiminées jusque sur les bords du Rhône, incommode et dangereux voisin ?...

En effet, par ses lônes, ses marécages, ses îles et îlots, ses bancs de graviers et de sable, ses rives désolées, rongées, le Rhône, dans ses débordements, ressemble à l'un des grands fleuves d'Amérique... Que de terrains il dérobe à la culture !... La science des ingénieurs ne parviendra-t-elle pas à maîtriser son impétueux courant, et à procurer ainsi la sécurité aux populations riveraines, qui ont sans cesse à trembler pour leurs récoltes, leurs terres, et même pour leur existence !...

Ne pourrait-on prendre des mesures radicales, et saisir le taureau par les cornes ? Au lieu de ces digues partielles, presque aussitôt enlevées que terminées, ne serait-il pas plus rationnel d'exécuter un ensemble de travaux, faisant suite à ceux que l'on a élevés avec tant de hardiesse dans les plaines des Charpennes, et grâce auxquels l'agglomération des Brotteaux et de la Guillotière se trouve maintenant à l'abri du danger.

Quoi qu'il en soit, le sol de la commune de Vaulx, qui n'a qu'une élévation de quelques mètres au-dessus du niveau du fleuve, est submergé à chaque crue un peu forte, et les détritus qu'y laissent les eaux contribuent à sa fer-

tilité. Il est coupé en une infinité de fossés creusés en vue de l'assainissement
du pays, et par bon nombre de dépressions, anciennes branches du fleuve,
abandonnées par lui depuis longtemps, et qui formaient une sorte d'archipel
de grandes et de petites îles. Le fond de ces dépressions s'est exhaussé par
l'accumulation séculaire de débris végétaux.

D'immenses marécages occupent la partie la plus basse de la plaine, et
sont divisés entre les communes de Vaulx, de Décines, de Meyzieux et de
Jonage. Plusieurs ont été desséchés et livrés à la culture ; mais les Marais-
Tremblants, la Sourdière, etc., connus par les villageois sous le nom de marais de la Mère-des-Eaux, sont tout-à-fait incultes et ne produisent que des joncs
et des roseaux, que des bauches et des laîches. Ils sont alimentés par le Rhône.
dans les grandes inondations, et par nombre de sources qui fluent des Balmes
Viennoises.

Quelques ruisseaux s'en échappent, soit directement, soit par infiltration :
celui du Plat et celui du Gua se rendent au Rhône et font tourner les moulins
de Chesseins et de Platacul ; la Rize qui est le plus important, coule le long
des Balmes-Viennoises, traverse le faubourg de la Guillotière, et rejoint le
Rhône, à la Vitriolerie, après avoir donné la vie à plusieurs établissements
industriels élevés sur ses bords.

LE COURS DE LA RIZE

Le lit de ce modeste, mais utile ruisseau, est l'objet de beaucoup de soins
il est nettoyé, curé, régularisé ; sans cette mesure, la vigoureuse végétation
paludéenne en aurait bien vite obstrué le lit.

Celui qui ne connaît que le cours inférieur de la Rize, emprisonné parfois
dans des canaux souterrains, limoneux, souillé par les usines de toutes sortes,
voire où l'on jette des cadavres d'animaux, réceptacle d'odeurs pestilentielles,
qui s'en échappent dans l'été, celui-là ne saurait se faire une idée des charmes
de son cours supérieur. Des arbres, amis des eaux, lui forment comme une
allée de verdure ; des cressonnières sont ménagées çà et là ; une espèce de cres-
son sauvage donne naissasce à de jolies petites fleurs, d'un bleu pâle, des
joncs avec leurs légers panaches ou leurs fusés noirâtres s'y jouent au gré des
vents ; des glayeuls rougeâtres, des iris jaunes et de grandes herbes aux fleurs
violettes et à l'odeur balsamique. Des insectes qui voltigent au-dessus des
eaux, des grenouilles qui plongent au moindre bruit, des oiseaux qui sautillent
de branche en branche, réjouissent les promeneurs qui s'aventurent jusque-
là sur les bords sinueux de ce joli ruisseau.

Il coule, avons-nous dit, le long des Balmes-Viennoises, et, d'après la confi-
guration du sol, les traditions, les chroniques, même des pièces historiques,
il représenterait le principal lit du Rhône que, au XIIIe siècle, à la suite d'une
terrible inondation, le fleuve aurait abandonné pour se jeter contre les balmes
de Miribel, de Neyron, de la Pape et de Crépieux, où il s'est creusé un nouveau lit.

Les Balmes-Viennoises, entre Villeurbanne et le Mollard jusqu'à Jonage, simulent une berge ou digue naturelle si régulière, si gracieuse, qu'il semblerait que la main de l'homme y a travaillé : on voit même comme un chemin de hallage à mi-hauteur de la berge, et des boucles de fer scellées à de grosses pierres y ont été trouvées, d'après les dires de nos vieux écrivains. On a trouvé aussi, au bord de la colline, des débris de bateaux, des pilotis enfoncés dans le sol et que la charrue du cultivateur a exhumés.

Aussitôt après les désastres amenés par l'inondation de 1856, des ingénieurs proposèrent de creuser et d'élargir le lit de la Rize, rétablissant ainsi un ancien bras du Rhône, qui, dans les fortes crues, servant de déversoir, eût garanti la ville de Lyon, apporté la fertilité et un grand mouvement industriel sur ses bords, et favorisé la navigation entre le cours inférieur et le cours supérieur du Rhône, évitant ainsi la traversée longue et dispendieuse de la ville.

Avant de quitter Vaulx-en-Velin, rappelons que ce village fut, dit-on, la patrie d'un homme qui, au XIIe siècle, voulut ramener l'Eglise à sa simplicité primitive : nous avons nommé le fameux Pierre de Vaud, le père des pauvres de Lyon.

A la suite de nombreuses persécutions, les adhérents de ce reformateur se dispersèrent jusque dans les vallées du Dauphiné et du Piémont, où leur secte est très répandue : vallées appelées depuis lors vallées vaudoises.

Ce village vit éclore la peste qui, en 1628, désola la contrée et pénétra dans Lyon, où elle fit tant de victimes. Elle avait été apportée dans ce village par des soldats revenant du Milanais, où elle sévissait cruellement. C'est probablement depuis cette époque que la paroisse est placée sous le vocable de saint Roch ; et il est à remarquer que presque partout où l'on rencontre une chapelle vouée à ce patron des lépreux, elle rappelle le souvenir d'une peste qui exerça ses ravages dans le pays.

Sur la fin de cette journée passée à explorer la partie orientale des environs de Lyon, nous prenons l'omnibus qui, à travers les Charpennes, nous amène *cahin-caha* sur la place Morand (1).

Le Baron RAVERAT,

Officier d'Académie, ancien Président de la Société littéraire,
historique et archéologique de Lyon.

---

(1) Dans les prochains numéros du *Lyon-Revue*, nous reprendrons le cours de nos *Promenades pittoresques* à travers les régions lyonnaises.

LE MONDE OU L'ON S'ENNUIE

Comédie en 3 actes, par M. Pailleron, représentée pour la première fois
à Lyon au Théâtre-Bellecour, le 2 septembre 1881.

oici vraiment une des plus charmantes comédies qui aient été jouées depuis longtemps.
De l'esprit, il y en a partout, un esprit
agréable, piquant, libre, de bonne compagnie,
de belle et de bonne source, de l'esprit
comme Marivaux en eut quelquefois, comme
Musset et comme Beaumarchais, dont M. Pailleron, du reste, s'est souvenu dans la scène
de la serre, en avaient toujours.

D'ailleurs, cette comédie nous l'attendions. Après le *Monde où l'on s'a-
muse*, M. Pailleron nous devait bien le *Monde où l'on s'ennuie*, ce
monde que les Parisiens connaissent à peine et que nous autres, provin-
ciaux de la province, nous ne connaissons que trop ; ce monde où l'on
cause, où le pédantisme sert de science, la sentimentalité de senti-
ment et la préciosité de délicatesse ; où l'on ne dit jamais ce que l'on
pense et où l'on ne pense jamais ce que l'on dit ; ce monde où se font et

se défont et se surfont les réputations, les situations, les mariages, où l'assiduité est une politique, l'amitié un calcul, et la galanterie même un moyen ; le monde où l'on avale sa canne dans l'antichambre et sa langue dans le salon, le monde sérieux enfin.

C'est là, du reste, la propre définition qu'en donne M. Pailleron ; définition qui ne saurait être plus exacte et plus vraie. L'auteur ne se borne pas seulement à l'établir, mais il s'empresse aussitôt de la justifier et pour ainsi dire de la réaliser dans cette plaisante étude. Et, quoique le premier acte, c'est-à-dire celui de l'exposition, de la définition du sujet. soit le meilleur, il n'en est pas moins vrai que les personnages qui animent ce monde, que M. Pailleron a su si heureusement découvrir, la pièce durant, causent sans discourir, s'agitent sans peine et sans efforts et vivent enfin d'une vie qui est bien à eux.

D'aucuns disent même qu'ils vivent trop, et alors on va jusqu'à trouver — que ne trouve-t-on pas lorsqu'on cherche — des personnalités sous les personnages.

On a fait même des clefs, comme on en fit pour les comédies de Molière; on a cité des noms d'hommes et de femmes hautement connus — ce qui n'a pas nui au succès de la pièce, bien au contraire.

Ainsi, la valeur littéraire de l'œuvre a pu échapper à beaucoup, mais les intentions photographiques n'ont échappé à personne.

Mais ce *Monde où l'on s'ennuie*, dont nous parle M. Pailleron, serait-il comme le *Demi-Monde* que Dumas a presque inventé de création récente, et partant le fruit amer d'une civilisation par trop avancée ? Hélas non ! L'ennui est éternel, et lors même qu'il ne le serait pas, ce n'est pas malheureusement d'aujourd'hui que sont nés les gens ennuyeux. Il y en avait autrefois à Athènes, à Rome, à Paris, et bien longtemps avant que M. Pailleron fût à même de le remarquer.

Aussi Molière dans son impérissable galerie des vices et des travers de son époque, ne les a pas oubliés.

Dans les *Précieuses* et les *Femmes savantes*, il les a ridiculisés pour jamais. C'est de ces deux chefs-d'œuvres que procède évidemment la comédie de M. Pailleron, qui en est une imitation assez heureuse.

Bellac est-il, en effet, autre chose qu'une manière de Trissotin civilisé ? Mmes de Céran, de Loudan, Lucy, des Célimène, des Philaminte, des Cathos, des Madelon, des Bélise modernisées.

Mais ce que M. Pailleron n'a pas su malheureusement dérober à Molière, c'est l'art de serrer de près son sujet, de tirer de l'idée qu'il avait choisie tout ce qu'elle contenait, de telle sorte que l'action, sans laquelle il n'y a pas de pièce, ne languisse jamais et s'échappe toujours en quelque sorte à flots pressés et abondants.

Il aurait fallu là une forte et énergique peinture, en tout digne du

modèle, et dont toutes les parties auraient été égales, où rien ne som
brât dans la masse et où tout fût parfaitement défini jusqu'aux moindres
contours. C'est la pièce qui reste à faire, et que M. Pailleron fera un jour
certainement.

Le *Monde où l'on s'ennuie,* c'est la pièce avant le chef-d'œuvre.

.*.

L'interprétation de cette comédie par la troupe que dirige M. Marck
a été excellente.

Citons Mlle Devoyod, fort remarquable dans le rôle de la duchesse ;
Mlle Henriot, une jeune et gracieuse comédienne, charmante dans celui
de Suzanne de Villers ; Mme Drosse qui a très intelligemment compris le
personnage de Jeanne Raymond ; M. Marck, excellent, avec sa diction
sobre et mesurée, son tact parfait, dans le rôle de Bellac ; Mme de Seveyr
(comtesse de Céran), MM. Rameau (Roger) et Prika (Raymond).

L'ensemble est très bon et fort au-dessus de ce que nous donnent habi-
tuellement les troupes en tournée. On sent la main d'un metteur en
scène expérimenté, d'un praticien consommé dans les choses de théâtre,
d'un homme de goût tel que M. Emile Marck.

DIVORÇONS !

Comédie en 3 actes par M. Victorien Sardou, représentée pour la première fois
à Lyon, au Théâtre-Bellecour, le 4 mars 1881

Ι M. Sardou s'est trompé et a quelque peu ou-
blié qu'il était académicien en faisant descendre
si bas un sujet si élevé et en nous donnant pour
des raisons de combat des plaisanteries de con-
trebande tout au plus, toujours est-il vrai de dire
qu'il a touché là à un point d'histoire sociale
qui passionne, qui occupe beaucoup les gens
intéressés aussi bien que ceux qui ne le sont pas.

Toutes les fois que vous nous annoncerez, disait, ou à peu près, Jules Janin, une comédie
faite de la veille avec les héros, les mœurs, les usages de la veille,

vous intéresserez et vous plairez à coup sûr, quels que soient la couleur et le ton général de votre tableau.

En ces sortes de représentations, nous aimons même la charge ; la caricature ne nous effraie pas. La comédie bouffonne se fait plus souvent avec des intérêts qu'avec des sentiments, et pourvu qu'il s'agisse un peu de vous ou d'une question qui vous concerne, qu'importe la vérité de l'intrigue, qu'importe le dessin que vous faites des personnages ?

C'est ce qu'a très bien compris M. Sardou, qui cherche partout le succès et qui l'a trouvé encore une fois de plus dans cette pièce, qui ajoutera peut-être plus à sa fortune qu'à son talent, mais où il a mis cependant comme toujours une bonne part de son esprit, et Dieu sait s'il a de l'esprit (au 2me acte surtout), et beaucoup aussi de celui de M. de Najac, son collaborateur.

Voici, du reste, le sujet de la comédie ou du moins ce que nous en pouvons dire.

Une femme, une femme charmante, Mme des Prunelles qui a fait la connaissance d'un cousin, le sieur Adhémar (un nom prédestiné) s'aperçoit un jour, après deux ans de mariage ! que son mari, qu'elle a bien aimé pourtant, n'est pas, ou plutôt n'a jamais été celui qu'elle avait entrevu autrefois au couvent à travers ses rêves de jeune fille.

Le véritable mari, le bon, celui qui occupe maintenant toutes ses pensées de femme bien légère, qu'appellent tous ses sentiments de provinciale bien folâtre, c'est — oh ! vous devinez qui — c'est le mari après la lettre, c'est le parent, adorable, blond, charmant, bête surtout et c'est justement ce qu'elle cherche. Aussi son désir est de commencer vite — car un plaisir réchauffé ne valut jamais rien, — seulement une petite difficulté, mais bien grosse pour elle et qu'elle n'avait pas prévue, se présente.

Elle veut bien aimer le jeune adolescent, mais elle veut aussi et en même temps rester femme honnête.

Comment faire alors ?... Il y a bien le divorce qui supprimerait bien des choses ; mais c'est une question qui s'agite, dont tout le monde s'occupe en France, mais que personne ne résout—pas même les députés.—Que faire encore ? Elle attendra. C'est ce qu'elle décide du moins, et pendant ce temps, elle boudera tant et plus M. des Prunelles. Mais le mari qui est habile, lui, n'attendra pas.—Aux grands maux les grands remèdes. — Elle veut le divorce, elle l'aura.

Comme la province est le pays des canards et des dépêches vraies ou fausses, mais plus fausses que vraies, il donnera complet crédit à une dépêche d'Adhémar, qui sera pris lui-même dans le piège qu'il aura tendu, enverra à sa femme par dépêche authentique, sur papier bleu, avec signature de l'employé, annonçant que la Chambre des députés vient de voter la loi sur le divorce et que le Sénat l'a approuvée.

Cette fois la voilà donc libre, entièrement libre, heureuse. Libre oui; heureuse à demi seulement. Car l'amant va devenir pour elle un mari, et puis le fruit auquel elle va mordre ne sera plus la fameuse pomme d'Eve, le fruit défendu enfin.

C'est ce qu'elle se dit du moins, et en se le disant, elle remarque que la moitié du charme a disparu, que l'illusion s'est évanouie; elle remarque encore que, dans ses confidences (car ils peuvent s'en faire à leur aise à présent qu'ils ne sont plus, elle, la femme de son mari, lui, le mari de sa femme), il y a eu pour elle je ne sais quel plaisir à avouer qu'elle est restée envers et contre tous, bonne, fidèle, honnête, et que M. des Prunelles ne s'est pas montré indifférent à cet aveu.

Elle a remarqué enfin, à propos d'on ne sait plus quelle femme dont il est question et que M. des Prunelles doit aller retrouver dans un restaurant, dans un cabaret plutôt, où il occupait jadis et avec avantage les beaux jours de sa vie de garçon et d'étudiant; elle a remarqué que pour la première fois de sa vie, elle s'est sentie prise d'une jalousie subite, irrésistible, rien qu'à cette pensée, si bien qu'elle lui fait une scène tout comme on en fait, non pas à un mari, mais à un amant.

Et c'est justement ce que le mari devient au troisième acte pour redevenir à la fin mari et amant tout à la fois. De sorte que dans la pièce, comme dans le roman de Voltaire. ainsi que le dit Candide, tout est et demeure pour le mieux dans le meilleur des mondes possibles.

L'action est là toute entière, mais non la pièce, car nous n'avons pu qu'oublier et pour cause les mots charmants qui l'émaillent; les situations, plus bizarres les unes que les autres qu'elle fait naître; les pensées nobles, généreuses qu'elle inspire à des Prunelles. M. Jaeger qui les fait valoir avec beaucoup de talent; les réflexions si drôles qui sortent drues et niaises de la bouche d'Adhémar, M. Noblet qui est toujours l'excellent comique d'autrefois; enfin les boutades si vives, si coquettes, si franchement parisiennes que laisse échapper de sa petite bouche avec un rire qui n'est qu'à elle, Mme des Prunelles, c'est-à-dire Marie Kolb, qui fait de ce rôle aussi bien que Mlle Céline Chaumont qui l'a créé, une véritable création.

Est-elle assez coquette, précieuse, volontaire, enfant terrible au premier acte! assez moqueuse, contente, ennuyée, attendrie au deuxième acte! assez rieuse, riante avec une pointe d'ivresse qu'elle porte à merveille et aimante au troisième et dernier acte.

A même de dire la prose aussi bien que les vers, quoique un peu tremblante, sans peine et sans effort, adoucissant les gros mots, les tons quelque peu accusés, les notes vives de cette comédie bruyante, tapageuse, elle en a fait en province, de son autorité privée, — celle que lui donne son talent — une œuvre pour ainsi dire nouvelle à côté de celle qui existe à Paris Palais-Royal, avec de brillants interprètes et dont le succès ne s'épuise pas.

Nos meilleurs compliments à la direction du Théâtre-Bellecour, à MM. Simon et Bridault et surtout au metteur en scène que M. Simon connaît quelque peu — ce dont nous le félicitons.

Félix DESVERNAY.

Directeur-gérant : Félix DESVERNAY.

Imp. A. WALTENER & Cie, 14, rue Bellecordière, Lyon.

LYON-REVUE

RECUEIL LITTÉRAIRE
HISTORIQUE ET ARCHÉOLOGIQUE
SCIENCES ET BEAUX-ARTS

RÉDACTEUR EN CHEF : FÉLIX DESVERNAY

ILLUSTRATIONS PAR E. FROMENT

Administrateur : Louis Poy

PRINCIPAUX RÉDACTEURS :

AUBERT (Alfred).
Mme BLANDY (Stella).
BAYET (Ch.), professeur à la Faculté des Lettres.
BÉRARD (Alexandre).
BLOCH, professeur à la Faculté des Lettres.
BERTNAY (Paul).
BOUCHOR (Maurice).
CAILLEMER, doyen de la Faculté de Droit.
CAZENEUVE (Dr), professeur à la Faculté de Médecine.
CLAUDE (A.-G.), rédacteur en chef du *Républicain de l'Isère*.
CLAVEL (Victor), professeur à la Faculté des Lettres.
CLÉDAT, professeur à la Faculté des Lettres.
CHARVET (Léon), architecte, professeur à l'Ecole des Beaux-Arts.
COPPÉE (François).
DESVERNAY (René).
DISSARD (Paul), conservateur du Musée des Antiques.
DUVAND (Adrien), publiciste.
DES ESSARTS (Alfred).
DES ESSARTS (Emmanuel), professeur à la Faculté des Lettres de Clermont.
GEORGE (Gaspard), architecte.
GUIMET (Emile).

GRANDMOUGIN (Charles).
GUIGUE, archiviste en chef de la Ville et du Département.
GUIGUE (Georges), élève de l'Ecole des Chartes.
JUMEL (Edmond).
LÉGER, ingénieur.
LEXANDRE (A.).
MAGNIN (Antoine), docteur.
MANUEL (Eugène).
MILLOUÉ (DE).
NADAUD (Gustave).
NIZIER DU PUITSPELU.
OGIER D'IVRY.
PÉLAGAUD (Elysée).
PHILIPPON (Edouard), ancien élève de l'Ecole des Chartes.
RAVERAT (baron).
RENAN (Ernest), de l'Académie française.
ROBIN (Frédéric).
RÉROLLE (L..)
SOULARY (Joséphin).
SULLY-PRUDHOMME, de l'Académie française.
TISSEUR (J.).
VALOUS (V. DE).
VERMOREL.
VICAIRE (Gabriel).
VIGNE (Paul).
VINGTRINIER (Emmanuel).

COLLABORATEURS ARTISTES :

ALLEMAND (Gustave).
APPIAN.
ARMBRUSTER.
BEAUVERIE (Charles).
BARRIOT.
DOMER (Joanny).
DREVET.
FROMENT (Eugène).

FAURE (P.).
GUY (Louis).
JUBIEN.
RÉGAMEY (Félix).
PONTHUS-CINIER.
REITHOFFER.
SÉON (Joanny).

RÉDACTION ET ADMINISTRATION
22, *Rue Palais-Grillet, LYON*

Abonnement : 20 francs par an. La livraison : 2 francs.
CHEZ TOUS LES LIBRAIRES

Vente en gros, chez METON, libraire, 35, rue de la République
LYON

Lyon-Revue offre comme prime à ses abonnés : Rimes ironiques, poésies, par Joséphin Soulary, enrichies de dessins par Froment. — 4 fr. au lieu de 7 fr. — Aux nouveaux abonnés, deux eaux-fortes, une vue de Marcy-le-Loup, par J. Séon, le portrait de Berlioz par Dubouchet, ainsi qu'un dessin : Vue des Etroits, par Reithofer.

POUR PARAITRE DANS *LYON-REVUE*

Lyon. — Imprimerie **A. Waltener et Cie**, rue Belle-Cordière, 14.